Gemalt für dich

Sara Engels

»Wer Liebe sucht, findet sie nicht, sie überfällt uns, wenn wir sie am wenigsten erwarten.«

George Sand, französische Schriftstellerin, 1804-1876

GEMALT FÜR DICH

SARA ENGELS

Hypnotisiert starrte Tali auf den pink glänzenden Miniatur-Eiffelturm in ihrer Hand und rollte ihn zwischen ihren Fingern. *Wie kitschig. Aber es wäre das perfekte Mitbringsel für ... naja, irgendjemand wird sich schon finden.* Entschlossen kramte sie ihre Geldbörse hervor und suchte nach dem nötigen Kleingeld.

Das dunkle Händlergesicht mit dem Zahnpastalächeln musterte sie erwartungsvoll: »Bienvenue à Paris!« *Willkommen in Paris.* Mit einer ausschweifenden Armbewegung deutete er nicht etwa auf monumentale historische Gebäude, sondern auf die Gesamtpalette seines Warenangebots, das am Boden auf einem Tuch ausgebreitet war. Fein säuberlich aufgereiht standen dort weitere Kopien des Eiffelturmes in allen erdenklichen Größen.

»Gut, ich nehme noch einen von den mittelgroßen da.« Seine treublickenden Augen hatten sie erweicht. Tali deutete auf ein goldfarbenes Exemplar, legte dem Händler ein paar Münzen in die Hand und steckte ihre Mitbringsel in die Handtasche.

In gemächlichem Tempo schlenderte sie weiter. Kurz wanderte ihr Blick nach links, wo eine Standseilbahn die Touristen hoch zur Kirche Sacré-Cœur beförderte. *Ein wenig sportliche Betätigung würde mir auch nicht schaden.* Nach dem langen Schulungstag in einem stickigen Büroturm im Geschäftsviertel La Défense hatte sie einen fast unstillbaren Drang nach frischer Luft und Bewegung entwickelt.

Tali lief den breiten Weg hinauf bis auf die erste Aussichtsplattform. Dort stand sie für eine Weile an der Balustrade und ließ den Blick über das sich langsam drehende nostalgisch verzierte Karussell mit dem grünen Kuppeldach schweifen. Sie legte den Kopf in den Nacken, atmete tief und schloss die Augen. Der Geruch von frischen Waffeln und gerösteten Maronen stieg ihr von irgendwoher in die Nase. *Paris.* Jeden Augenblick hier wollte sie genießen. Was für ein unverschämtes Glück, dass ihre Chefin so große Stücke auf sie hielt und sie ausgewählt hatte, nach Frankreich zu reisen, um dort das Seminar zu leiten.

Hämmernde Musik riss Tali aus ihren Gedanken. Sie öffnete die Augen. Eine Gruppe von Straßentänzern hatte ihren Ghettoblaster angeworfen. Die Bässe dröhnten unangenehm in ihrem Brustkorb. Sie schwenkte den Kopf herum. Nicht gerade die romantischste Geräuschkulisse für den Besuch eines der berühmtesten Wahrzeichen der Stadt. Tali schlängelte sich durch die Menge der Schaulustigen, die einen Kreis um die Tänzer gebildet hatten und sie begeistert anfeuerten.

Mit ein paar energischen weitausholenden Schritten

überquerte sie den Platz in Richtung Treppe. Sie würde sich ein ruhigeres Plätzchen suchen.

Wenig später stieg Tali ein paar Stufen hinauf und wurde im Gedränge der vielen Touristen mehrmals angestoßen.

Eine Gruppe holländischer Jugendlicher neben ihr plapperte durcheinander und deutete auf einen Pantomimen im Pharao-Kostüm und mit gold angemaltem Gesicht, der ein Stück weiter oben unbeweglich auf einer Empore stand.

Tali überlegte, ob sie ihn nicht gleich mit einer Münze zumindest vorübergehend aus seiner Starre befreien sollte.

»Bonjour, Mademoiselle.«

Eine helle melodiöse Stimme drang an Talis Ohr. *Bin ich etwa gemeint?*

Jemand zupfte sie sanft am Mantelärmel.

Erstaunt wendete sie den Kopf.

Eine junge Frau mit raspelkurz geschnittenen, schwarzen Haaren stand vor ihr und sah sie aus großen Augen fragend an. »Darf ich Sie zeichnen?«

Mich zeichnen? Tali starrte die Frau an. Aus welchem Grund sollte diese Fremde ein besonderes Interesse haben, ihr Gesicht auf Papier verewigen zu wollen? Dann fiel es Tali siedend heiß ein. Sie befand sich am Fuße des Hügels Montmartre, unweit des Künstlerviertels von Paris. Überall konnte einem hier diese Frage gestellt werden.

»Non, merci.« Kopfschüttelnd schob Tali sich rechts an einem aufdringlichen Armband-Verkäufer vorbei, der ihr ein geflochtenes Band ums Handgelenk wickeln wollte. An dem bunten Schmuck fand Tali wenig Gefallen.

Die Künstlerin dagegen interessierte sie eher. Für einen Augenblick hatten deren goldbraun gesprenkelte Augen Tali gefangen genommen. *Schade. Ist es das gewesen?* Hatte Tali sie im Gedränge bereits wieder verloren?

»Mademoiselle, attendez.« *Warten Sie.* Jemand tippte ihr auf die Schulter.

Tali fuhr herum. *Die attraktive Künstlerin von eben.* Talis Puls ging augenblicklich schneller. »Oui?«

Mit unverhohlener Neugierde musterte die Künstlerin Tali, während sie mit einer Hand den Zeichenblock festhielt und sich mit der anderen den Bleistift hinters Ohr klemmte. »Ich würde Sie wirklich gerne zeichnen.«

Ihre Augen waren fast auf gleicher Höhe, was bedeutete, dass die andere, zumindest für Pariser Verhältnisse, recht hochgewachsen war. Ohne Schuhe maß Tali einen Meter dreiundsiebzig und trug zu Kostüm und Mantel knielange Stiefel mit hohen Absätzen. Seit Seminarbeginn hatte sie die Erfahrung gemacht, viele ihrer französischen Schulungsteilnehmerinnen um fast eine Kopflänge zu überragen.

»Mich zeichnen?« Tali trat einen halben Schritt zurück, vergrub die Hände in den Manteltaschen und sah die Fremde ein wenig herausfordernd an. »Leider kann ich Sie nicht bezahlen.« So ganz entsprach das nicht der Wahrheit. Geld hätte sie vielleicht schon gehabt. Doch sicher gab es lohnendere Investitionen dafür, als ausgerechnet ein Porträt von sich anfertigen zu lassen. Was sollte sie denn damit später in Berlin anfangen? Die Künstlerin würde jetzt sicherlich das Interesse an Tali verlieren. Soviel war klar. Sie seufzte innerlich. *Schade eigentlich.* Gleich würde sie die atemberaubende Figur der fremden Frau mit den langen Beinen, die in schwarzen Leggings steckten, dem kurzen T-Shirt-Kleid mit der taillierten schwarzen Lederjacke darüber und den Stiefeletten nur noch von hinten bewundern dürfen.

Die andere hielt ihren Zeichenblock in die Höhe. »Das Porträt ist für Sie umsonst.«

Tali klappte der Mund auf. »Das kann ich nicht annehmen.« Sie schüttelte den Kopf. »Sie haben ein Recht auf Bezahlung Ihrer Leistung.« *Wieso ist sie so versessen darauf, ein Bild von mir anzufertigen?*

Ein Lächeln schlich sich auf den Mund der Fremden. »Sie können mich später entlohnen.«

»Später?« *Flirtet sie mit mir?* Es fiel Tali schwer, sich vom Anblick des hübschen Gesichts loszureißen. Der kokette Augenaufschlag und diese unwiderstehlichen Grübchen, wenn sie lächelte. *Quatsch. Du bildest dir was ein.* »Äh, ... ich bin vermutlich nicht lange genug in Paris, um Ihnen die Bezahlung später zukommen zu lassen.«

Die Künstlerin zuckte nur die Schultern. »Macht nichts. Wir können uns dort auf die Bank setzen.« Sie streckte die Hand aus dem Lederjackenärmel und deutete in Richtung Treppen, die einen breiten Weg hinaufführten. Eine freie grüne Bank stand in der Wegbiegung und schien sie förmlich einzuladen, auf ihr Platz zu nehmen.

Tali folgte erst ihrem Blick und sah dann nach oben. Auf der Spitze des Hügels Montmartre, hoch über ihren Köpfen, thronte die strahlend weiße Kirche Sacré-Cœur. Die Künstlerin wollte sie also umsonst am Fuße dieser berühmten Treppen zeichnen? *Kann ich das Angebot überhaupt annehmen?* Sie überlegte kurz und räusperte sich dann. »Sie sind ganz schön hartnäckig, was?« Tali lächelte.

»Gut. Ich lasse mich gerne von Ihnen porträtieren.«

Sie nahmen auf der Bank Platz.

Die Fremde saß ihr gegenüber, den Zeichenblock halb auf den Knien, und schien Tali mit ihrem Röntgenblick regelrecht abzuscannen. Ein wenig unbehaglich fühlte sich Tali dabei schon. War es wirklich eine gute Idee gewesen, einem Porträt zuzustimmen? In derselben Zeit hätte sie auch die atemberaubende Aussicht auf Paris genießen und die Basilika besuchen können. Immerhin war dies eine der wichtigsten Stationen auf ihrer touristischen To-do-Liste der Pariser Sehenswürdigkeiten.

Konzentriert setzte die Künstlerin immer wieder den Bleistift an und begann nun anscheinend mit ihrer Skizze.

Eine Weile rutschte Tali unruhig herum und hatte keine Idee, wie sie sich richtig positionieren sollte. Außerdem wurde ihr bereits langsam kalt. Ihr Allerwertester war schon völlig taub vom Sitzen auf der eisigen Bank und in ihrem Magen knurrte es laut. Wie viel länger würde das noch dauern? *Ob ich sie danach wenigstens einladen kann? Quasi als Dankeschön?*

Die Künstlerin ließ den Bleistift sinken. Dann hob sie die Hand und streckte Tali ihre offene Handfläche entgegen. »So kann ich Ihre natürliche Schönheit nicht einfangen.« Mit einem leichten Seufzen schüttelte sie den Kopf. »Suchen Sie sich bitte keine Position. Seien Sie einfach sie selbst.«

Talis Herz machte einen Hüpfer. Meine was? Habe ich sie da gerade tatsächlich etwas von meiner natürlichen Schönheit faseln hören? »Ich werde mein Bestes versuchen«, murmelte sie, etwas verlegen.

»Vielleicht erzählen Sie mir einfach etwas über sich?«

Die Künstlerin leckte sich über die Lippen. »Ich zeichne Sie dabei.«

Jetzt soll ich also nicht stillhalten, sondern einen Monolog führen? Nicht gerade das, was Tali sich unter Posieren vorgestellt hatte. Andererseits: Wenn sie ihr ein wenig von sich erzählte – vielleicht gab ihr Gegenüber ihr dann später auch ein wenig von sich preis? Sie hüstelte. »Gut, dann fange ich an.« Bevor sie sich warmreden konnte, musste sie sich unbedingt noch eine widerspenstige braune Locke aus der Stirn pusten. »Ich heiße Tali Petersen, bin siebenundzwanzig Jahre alt und komme aus Berlin. Ich bin Projektleiterin im Finanzbereich und für ein paar Tage hier, um Mitarbeiter am neuen Standort in La Défense auszubilden ...« Tali musterte das Gesicht der Künstlerin aufmerksam. Auf die meisten Leute wirkte das Wort Finanzen im Berufsbereich einschläfernd. Und bei ihr?

Sie schien ihr gar nicht zuzuhören, so vertieft war sie gerade in ihre Strichführungen.

Talis Blick glitt über das Gesicht ihres Gegenübers, den leicht geöffneten Mund. Die Zungenspitze befeuchtete immer wieder die Unterlippe. Tali wurde ganz warm. *Sie sieht wirklich zum Anbeißen aus.* Was konnte Tali noch erzählen? Fieberhaft überlegte sie. Irgendetwas musste sie sagen, aber was? »Ähm, dies ..., äh, ist mein erster Aufenthalt hier. Eigentlich hatte ich schon immer einmal vorgehabt, Paris zu besuchen, aber immer ist mir irgendetwas dazwischengekommen. Als sich mir die Gelegenheit bot, beruflich herzukommen, habe ich natürlich sofort zugesagt.« Tali versuchte ein Lächeln und hoffte, dass ihr Gestammel nicht allzu banal wirkte.

Die Künstlerin hob den Kopf und sah Tali unvermittelt

an. »Sie sind also ganz alleine hier in Paris?«

Tali fuhr sich mit der Hand durch die Haare. Steckte hinter der Frage echtes Interesse oder nur Höflichkeit und der Versuch, Tali am Reden zu halten? »Ja, alleine.«

Die andere legte den Kopf schief und sah Tali in die Augen. »Ich hoffe, Sie fanden es nicht allzu aufdringlich von mir, Sie einfach so anzusprechen?«

Tali runzelte die Stirn und überlegte kurz. »Nein. Das war schon in Ordnung.«

Die Fremde lächelte und sah ein wenig schuldbewusst aus. »Ich hoffe trotzdem, ich habe nun nicht dazu beigetragen, dass Sie eine schlechte Meinung über uns Künstler hier am Montmartre haben?«

»Nein. Das sicher nicht.« Tali kaute auf ihrer Unterlippe. »Ehrlich gesagt, es war das erste Mal, dass ich auf diese Weise angesprochen wurde und ich wusste zuerst gar nicht, wie ich auf Ihr Angebot reagieren sollte.« Nach einem kurzen Moment fügte sie hinzu: »Wieso bin ich Ihnen eigentlich hier begegnet? Das Künstlerviertel beginnt doch erst hinter der Kirche Sacré-Cœur oder irre ich mich?«

»Doch, doch«, murmelte die andere und starrte auf den Boden. Ihre Wangen färbten sich leicht rosa. »Ich war gerade auf dem Weg dorthin. Normalerweise nehme ich einen anderen Aufstieg, aber heute hatte ich in der Nähe etwas zu erledigen.« Sie hob den Blick und zupfte sich am Ohrläppchen. »Leider habe ich oben auf der *Place du Tertre* keinen richtigen Standplatz. Es gibt eine mehrjährige Warteliste mit Bewerbungs- und Ausleseverfahren, um als freischaffender Künstler am Montmartre einen Platz zu ergattern.«

Tali räusperte sich. »Also, äh, dann ... aber eine Genehmigung, hier die Touristen zu zeichnen, haben Sie doch sicher?«

»Nicht gerade viele von uns, die wie ich nur mit dem Zeichenblock hier herumlaufen, haben eine.«

Tali rieb sich über die Stirn. »Nicht?«

»Nein.« Mit harmlosem Augenaufschlag musterte die Fremde Tali.

Sie gehört dann wohl zur Mehrzahl. Na, hoffentlich kann sie wenigstens wirklich zeichnen und es wird nicht gleich peinlich – und zwar für uns beide. »Und ... was machen Sie bei einer Kontrolle?«

»Bis jetzt ist es noch nicht vorgekommen, aber ich schätze mal ...« Sie kratzte sich an der Nasenspitze. Dann beugte sie sich ein Stück zu Tali vor, zwinkerte ihr zu und flüsterte: »... die Beine in die Hand nehmen.«

»Hmm, klar.« Tali senkte den Blick und betrachtete ihre Fußspitzen. »War auch nur eine dumme Frage.«

Ein Lächeln machte sich auf dem Gesicht der Fremden breit. Sie rutschte ein Stück näher. »Über mein Talent lasse ich Sie lieber selbst entscheiden. Möchten Sie nun gerne Ihre Zeichnung sehen?«

Tali strich sich eine Locke aus der Stirn. »Äh, ... ja, gerne.«

»Keine Angst, das hier ist nur ein Entwurf.«

Vorsichtig lugte Tali auf den Zeichenblock und sah – sich selbst. Dic Fremde hatte ihre Mimik und Gestik erstaunlich gut eingefangen. Talis Hand hob sich an die kurzen wilden Locken. Dabei neigte sie den Kopf zur Seite und lächelte ein wenig schief. Die Nase mit dem leichten Höcker fand Tali schon immer etwas zu lang. Selbst die

Skepsis in ihren Augen angesichts des ungewöhnlichen Angebots war zu erkennen. Alles in allem schmeichelte Tali das Porträt nicht gerade. Es zeigte sie, wie sie wirklich war.

»Es hat Spaß gemacht, Sie zu zeichnen.« Die andere Frau blickte Tali ernst an. »Sie haben interessante Gesichtszüge, Tali.«

Tali hielt für einen Moment die Luft an. Die Künstlerin hatte ihren Namen gesagt. Und dann noch … Ihre Wangen glühten mit einem Mal und sie senkte verlegen den Blick. »Ich bin alles andere als perfekt.«

Die Fremde sah Tali aufmerksam an. »Als Künstlerin habe ich vermutlich einen anderen Bezug zum Thema Schönheit.« Sie legte den Zeichenblock wieder auf den Knien ab und fuhr sich mit einer fahrigen Bewegung über die Wange. »Perfektion kann meines Erachtens auch etwas Langweiliges an sich haben. Ehrlich gesagt, mich interessiert viel mehr das, was verborgen ist und erst entdeckt werden will.«

Talis Gesichtsfarbe wurde um eine Schattierung dunkler. *Was meint sie damit? War das ein Kompliment?*

»Entschuldigen Sie. Ich habe mich noch gar nicht vorgestellt. Mein Name ist Inès Leclerc.« Inès wechselte den Bleistift von rechts nach links und streckte Tali ihre Hand entgegen.

Tali ergriff die Hand, die weich und warm in ihrer lag. Nach einer gefühlten Ewigkeit zog sie die Finger sanft zurück und vergrub dann beide Hände in den Manteltaschen. »Freut mich, Ihre Bekanntschaft zu machen.«

»Die Freude ist ganz auf meiner Seite.«

»Sie wohnen hier in Paris?«

Inès nickte. »Ja, ich bin eine *Parisienne.*«

»Ach, diese Stadt ist einfach ein Traum«, schwärmte Tali. »Nach dem Abitur war es mein großer Wunsch gewesen, ein Erasmus-Jahr in Paris zu machen und an der berühmten Sorbonne zu studieren. Doch dann ging alles so schnell. Ich bekam eine Zusage für einen Studienplatz in Deutschland und musste mich entscheiden. Damals erschien es mir sicherer, den Studienplatz anzunehmen, aber heute denke ich manchmal, das war eine Fehlentscheidung.«

»Dafür, dass Sie nie in Paris gelebt haben, sprechen Sie sehr gut Französisch.« In Inès' Blick lag aufrichtige Anerkennung. »Wo haben Sie das gelernt?«

»Oh, danke für das Kompliment.« Tali hob die Mundwinkel nach oben. »Ich habe die letzten drei Jahre meiner Schulzeit in einem internationalen Internat in der französischen Schweiz verbracht. In der Schule und später auf der Uni habe ich Kurse belegt. Naja, beruflich brauche ich die Sprache auch immer wieder mal.«

Inès sah sie aufmerksam an. »Sie haben ein Schweizer Internat besucht?«

Tali presste die Lippen zusammen. *Hoffentlich hält sie mich jetzt nicht für einen Snob.* »Meine Eltern legten viel Wert auf Fremdsprachen. Sie wollten, dass wir Kinder mindestens zwei fließend beherrschen.«

»Da haben Sie wirklich Glück gehabt. Meine Eltern haben sich um die kulturelle Bildung ihrer Kinder keinerlei Gedanken gemacht.« Ein Schatten schien über ihr Gesicht zu huschen. »Sie hatten wohl mehr als genug mit sich selbst zu tun.«

Sie schwiegen für eine Weile.

Inès ließ den Blick über den von Touristen bevölkerten

Platz schweifen. »Sie sind viel gereist in Ihrem Leben, nehme ich an?«

»Wie man es nimmt. In Europa habe ich einige Städte und Orte besucht. Zwei Wochen Kreuzfahrt auf dem Nil waren mein exotischstes Reiseziel bisher.«

Inès legte den Zeichenblock zur Seite und verzog leicht die Mundwinkel. »Abgesehen von einer Schulfahrt nach England und einem weiteren Kurztrip nach London hatte ich leider noch keine Gelegenheit, ein anderes Land zu bereisen.« Sie überkreuzte die Beine und stützte einen Ellbogen auf dem Knie ab. »Vielleicht werde ich irgendwann einmal Deutschland besuchen.«

Tali hob die Augenbrauen. »Haben Sie dabei eine bestimmte Stadt oder ein bestimmtes Gebiet im Auge?«

»Nein, eigentlich nicht. Es ist eher wegen der Sprache. Auf dem Lycée hatte ich drei Jahre Deutsch als Schulfach.« Nun hob Inès abwehrend die Hände in die Luft und zog eine Grimasse.« Aber verlangen Sie jetzt bitte nicht von mir, dass ich Deutsch mit Ihnen spreche. Ich habe so gut wie alles vergessen.«

»Drei Jahre Deutsch?« Tali musterte Inès. Sie schätzte sie auf Mitte Zwanzig. So lange war ihre Schulzeit also noch nicht her. Aufmunternd lächelte sie ihr zu. »Demnach müssten Sie doch zumindest noch ein paar kleine Sätze bilden können?«

»Nicht wirklich.« Inès kicherte. »Die einzigen Worte, an die ich mich erinnere, sind: 'tschuldigung, Fräulein und Bahnhof.« Sie legte den Kopf schief und schien zu überlegen. »Dann noch, warten Sie ..., irgendetwas mit Pf-a-nnd-flu...?

»Pfandflasche?«

»Ja, genau.«

»Mmh, ja, ein sehr wichtiges Wort.«

Beide lachten.

Von irgendwoher erklang Gitarrenmusik.

Tali wendete den Kopf und ihr Blick wanderte nach oben. Zwischen Tauben und Passanten spielte ein junger, langhaariger Musiker, bekleidet mit einer schwarzen Lederjacke und ausgebeulten Hosen. Er sang mit leicht rauchiger melodiöser Stimme *Hotel California* von den Eagles.

Mehrere Liebespaare um sie herum hielten sich engumschlungen und lauschten aufmerksam dem Gesang.

Inès holte eine kleine, fast leere Packung Kekse aus der Jackentasche und warf die restlichen Krümel einer Schar Tauben hin, die sofort begannen, sich darum zu streiten und aufgeregt umherflatterten. Sie hielt den Kopf in den Nacken und blinzelte. »Wenn man sich die ganzen Pärchen hier so ansieht, könnte man glauben, dass die Romantik im Pauschalpreis Paris inbegriffen ist. Dabei ist es hier genauso schwer wie anderswo, die große Liebe zu finden.«

»Ja, das glaube ich sofort«, sagte Tali. Sie strich den Rock ihres Kostüms glatt. War sie denn nicht selbst auch eine von *diesen Touristen*, die in Paris eine Art perfekte Postkartenidylle sahen?

Inès hielt den Zeichenblock in der einen Hand und ließ mit der anderen den Bleistift erneut über die Zeichnung gleiten. Nach einer Weile sah sie wieder auf. »Paris ist für viele Menschen eine Traumstadt. Ich habe das Glück, hier geboren und aufgewachsen zu sein.« Sie lehnte sich ein Stück nach vorne. Ihr Lächeln wirkte etwas gezwungen. »Doch ich verrate Ihnen ein Geheimnis: Wer hier lebt und sein Geld verdienen muss, hält Paris nicht mehr für halb so romantisch. Die Stadt lebt vor allen Dingen von ihrem Mythos.«

Tali räusperte sich. »Äh, ... ein äußerst lebendiger Mythos.« Sie betrachtete Inès einen Moment lang. Inès' offene natürliche Ausstrahlung reizte sie. Ihre Art, nichts beschönigen zu wollen, war anders. Ungewohnt und faszinierend.

Mehrere Gruppen von Touristen flanierten an ihnen vorbei und unterhielten sich lautstark in Italienisch, Deutsch und Englisch miteinander, während Tali krampfhaft überlegte, wie sie die Unterhaltung am Laufen halten sollte. Sie wusste nicht, was sie sagen konnte, das nicht wie die verklärte Liebesbezeugung einer Touristin an diese Stadt klingen würde. Sie schielte hinüber zu Inès, die sich wieder in ihre Strichführungen vertieft hatte.

»Bin gleich soweit«, murmelte die und blieb mit dem Blick auf der Zeichnung haften.

Tali beobachtete sie aus dem Augenwinkel. Von Touristen schien Inès ja nicht gerade eine gute Meinung zu haben. Und das, obwohl sie ja Geld mit ihnen verdiente. *Hält sie mich etwa auch für eine typische Touristin? Von der Schönheit ihrer Stadt geblendet, aber im Grunde keine Ahnung davon?* Ihr knurrender Magen erinnerte Tali daran, dass sie schon seit Stunden nichts mehr gegessen und eigentlich vorgehabt hatte, ihr Mittagessen in einem der kleinen urigen Restaurants am Montmartre einzunehmen. Sie hüstelte. »Gut, denn ich glaube, ich muss nun langsam gehen.«

Nach einer gefühlten Ewigkeit sah Inès von der Zeichnung auf. »So, fertig.«

Tali erhob sich etwas zögerlich. Sie überlegte, wie sie vielleicht doch noch etwas mehr Zeit mit Inès verbringen konnte. Mit einer Hand zog sie den Mantelkragen enger. Mit den Fingern der anderen Hand zupfte sie sich die Locken zurecht.

Inès stand ebenfalls von der Bank auf.

Tali sah auf den Boden. »Sie bringen mich wirklich in Verlegenheit. Eigentlich kann ich die Zeichnung gar nicht annehmen.« Sie zuckte mit den Schultern und sah auf. »Schließlich habe ich nicht dafür bezahlt. Wie wäre es, wenn Sie sie einfach behielten?« Nach wie vor fragte sich Tali, was der eigentliche Grund dafür gewesen war, sie kostenlos porträtieren zu wollen. Waren es wirklich lediglich ihre interessanten Gesichtszüge gewesen?

»Nein.« Inès schüttelte den Kopf und rollte das Porträt mit einer geschickten Bewegung zusammen. Von irgendwoher zauberte sie einen Gummi, den sie um die Zeichnung band. »Hier. Nehmen Sie sie bitte an.«

»Na gut. Herzlichen Dank.« Sie nahm Inès das Porträt aus den Händen und hielt es vor den Bauch gepresst. Verlegen trat sie von einem Fuß auf den anderen.

Für eine kurze Weile standen sie sich gegenüber und sahen sich in die Augen.

Um Inès' Mundwinkel zuckte es. »Ich …, äh, ich wünsche Ihnen noch einen guten Aufenthalt in Paris.«

Sie hat wirklich unglaubliche Augen. Wie gebannt starrte sie Inès weiter an. »Es war nett, Sie kennenzulernen, Inès.« *Willst du sie jetzt wirklich einfach so gehen lassen? Zumindest auf einen Kaffee könntest du sie einladen, um dich zu revanchieren.*

»Au revoir«, sagte Inès.

Tali öffnete den Mund, um noch etwas zu sagen, und schloss ihn dann wieder.

Inès hob die Mundwinkel zu einem letzten kurzen Lächeln, dann drehte sie sich auf dem Absatz um und eilte mit schnellen Schritten davon. Schon nach wenigen Augenblicken war sie in der Menge der Touristen verschwunden.

Tali verrenkte den Kopf. In ihrer Hand raschelte das Bild, das Inès von ihr angefertigt hatte. Tali rang mit sich selbst. Warum agierte sie nur immer so impulsiv und ohne großes Nachdenken? War es nicht ein wenig voreilig gewesen, sich so schnell zu verabschieden? Rein optisch kam Inès dem Bild ihrer Traumfrau sehr nahe. Eigentlich war sie mit ihren schlanken langen Beinen, dem mädchenhaft zarten ungeschminkten Gesicht und dem burschikosen Haarschnitt so ganz ihr Typ. Und vielleicht hatte Inès ja wirklich mit ihr geflirtet. Aber Inès war fort. Im gedanklichen Fotoalbum war der Name Inès von nun an unter ›besondere Erlebnisse meines Schulungsaufenthaltes‹ eingereiht. Zu mehr hatte es leider nicht gereicht und es war Talis eigene Schuld. *Dumm gelaufen. Du hast sie selbst vergrault.*

Innerlich seufzend kletterte Tali die unendlich vielen Stufen bis zur Kirche Sacré-Cœur nach oben.

Am Montmartre angekommen blieb sie kurz stehen. Sie stemmte die Hände in die Hüften und schnaufte heftig. Das Herz hämmerte wie nach einem Marathonlauf. *Meine Kondition war auch schon besser.*

Inmitten zahlloser Touristen schlängelte Tali sich

auf der *Place du Tertre* zwischen nostalgischen kleinen Cafés und winzigen Läden, welche Postkarten und andere Andenken verkauften, hindurch. Eine lange Reihe von Malern stellte ihre Gemälde in Öl, Acryl- und Aquarellfarben unter bunten, weißen und grün gestreiften Schirmen aus. Sie ertappte sich dabei, wie sie immer wieder nach Inès Ausschau hielt. Die war natürlich nirgendwo zu sehen.

Eine Weile wanderte Tali in den kleinen Gassen umher. In der Auslage einer *Biscuiterie* leuchteten ihr mindestens ein Dutzend grellbunt gefärbter *Macarons* entgegen. Aus der Tür heraus duftete es verführerisch nach buttrigen Keksen.

Einige Meter weiter stieg ihr der Geruch von schokoladenen Crêpes in die Nase. Sie blieb vor einer bordeauxfarben getünchten Crêperie stehen und studierte das außen angebrachte Menü. Mit dem Finger fuhr sie die beiden streng geteilten Sparten in salzige und süße Crêpes nach und vertiefte sich in die appetitlich klingenden Namen.

Mehrere Gruppen von Spaziergängern schoben sich an ihr vorbei. Gesprächsfetzen in verschiedenen Sprachen drangen an ihr Ohr.

Unvermittelt erhielt Tali von links einen unsanften Seitenhieb. »Passen Sie doch auf!«

Tali fuhr herum und sah in die Augen eines Mädchens. »Entschuldigen Sie, aber es war nicht mein Fehler.« Diese junge Fremde neben ihr hatte sie schließlich angerempelt und nicht umgekehrt. Nun wollte sie ihr deswegen auch noch Vorhaltungen machen? Tali starrte sie an, doch das Mädchen verzog keine Miene und schob sich hastig an ihr vorbei. Kopfschüttelnd blickte Tali ihr nach. War es denn zu fassen? Manche Leute waren an Unhöflichkeit einfach nicht zu überbieten.

Tali straffte die Schultern, öffnete die schwere Holztür und betrat die Crêperie. *Der Tag wird hoffentlich noch besser.* Sie war völlig durchgefroren und das Loch in ihrem Bauch mittlerweile so groß wie ein ganzer Brotlaib.

Die Bedienung fing sie im Eingang ab. »Ein Platz für eine Person?« Sie hob eine Augenbraue.

Tali deutete ein Nicken an. Egal, wo man in Paris zum Essen ging, fast immer kam die etwas ungalante Frage nach der Personenanzahl. War man ohne Begleitung, fühlte man sich fast etwas schuldig für dieses offensichtliche Manko, alleine einen Tisch besetzen zu wollen. »Ja, für eine ...«

Die Bedienung musterte sie eindringlich.

Tali griff nach ihrer Handtasche. W*as?* Sie tastete hektisch an ihre Seite. Einmal, zweimal. Da war nichts als Leere. Ihre Handtasche. Sie war weg. *Das darf doch nicht wahr sein!* Wie bei der Rückwärtstaste eines Films liefen die vorangegangenen Minuten im Schnelldurchlauf in Talis Kopf ab. Als sie die Preise begutachtet hatte, hatte sie ihre Tasche noch ziemlich sicher bei sich gehabt. Dann war sie angerempelt worden, das junge Mädchen war frech geworden und gleich darauf verschwunden. *Merde.* Sie war zweifelsohne einer Diebin in die Hände geraten.

»Mademoiselle?« Die Bedienung wurde bereits ungeduldig und zog beide Augenbrauen zusammen.

Tali stöhnte auf. »On m'a volé mon sac!« *Man hat mir meine Tasche gestohlen!*, stieß sie hervor und wirbelte herum. Mit fliegenden Schritten stürzte sie aus der Crêperie, hinaus auf die Straße. Keuchend sah Tali sich um. Natürlich keine Spur mehr von der jungen Diebin. Es hatte wohl wenig Sinn, ihr nachzulaufen und sie hier am Hügel Montmartre zwischen all den Touristen zu suchen. Bestimmt war sie längst über alle Berge und das im wahrsten Sinne des Wortes.

Tali raufte sich die Haare und drehte sich ein paar Mal zur rechten und zur linken Seite. Die anderen Touristen liefen achtlos an ihr vorbei.

Die junge Crêpe-Bäckerin, die am offenen Stand der Crêperie verkaufte und gerade damit beschäftigt war, den Teig auf die heißen runden Gusseisenplatten zu verteilen, hob kurz den Blick und schien sie mitleidig zu mustern. Eine lange Reihe von Touristen belagerte den Stand. Sicher war sie so beschäftigt gewesen, dass sie nichts von dem Diebstahl mitbekommen hatte.

Was mach ich nur? Musste sie nicht die Polizei verständigen? Die Kreditkarte sperren lassen? *Das hat mir gerade noch gefehlt.* Fahrig tastete sie nach ihrem Handy. »Oh, nein.« Das Handy war auch noch in ihrer Tasche gewesen. Tali ließ die Arme sinken und versuchte erfolglos ruhig durchzuatmen. *Was nun?* Sie lief einige Schritte, während die Gedanken in ihrem Kopf Achterbahn fuhren. Erst jetzt merkte sie, dass sie wieder auf der *Place du Tertre* angekommen war. Ihre Hand griff erneut tastend in die weite Manteltasche. Wenigstens die Zeichnung war von dem Diebstahl verschont geblieben. Obwohl ihr ihre Handtasche zugegebenermaßen wesentlich lieber gewesen wäre. In der zittrigen Hand drehte sie das zusammengerollte Porträt und ließ ihren Blick über den Platz schweifen.

In der Menge fiel ihr Blick plötzlich auf eine junge hochgewachsene Frau mit raspelkurzen schwarzen

Haaren, die sich gerade mit einer anderen Frau, vermutlich der Standbesitzerin, unter einem quadratischen weißen Sonnenschirm unterhielt. Tali riss die Augen auf. Dort vorne ... war das nicht ... Inès?

Erleichtert atmete Tali auf. Vielleicht konnte sie mit Inès' Handy telefonieren? Oder Inès konnte ihr wenigstens sagen, wo das nächste Polizeirevier war? *Verdammt.* Wenn sie Inès nicht so schnell wieder abserviert hätte, wäre das alles vielleicht gar nicht passiert. Schon nagte das schlechte Gewissen an Tali. Es war wirklich nicht besonders höflich gewesen, sich so schnell zu verabschieden, nachdem Inès so nett gewesen war und sie kostenlos porträtiert hatte.

Vielleicht konnte sie sich ja doch noch revanchieren und Inès einladen? Natürlich nur, wenn die nun noch dazu bereit war. Vielleicht hatte sie sich von Talis Verhalten auch beleidigt gefühlt und wollte nun nichts mehr von ihr wissen?

Unvermittelt wendete Inès den Kopf.

Als sich ihre Blicke über den Platz trafen, meinte Tali, ein kurzes Leuchten über Inès Gesicht gleiten zu sehen. *Freut sie sich, mich wiederzusehen?* Talis Herz schlug augenblicklich einige Takte schneller. Mit eiligen Schritten bahnte sich sie sich einen Weg durch mehrere amerikanische Familien sowie einer japanischen Gruppe mit umgehängten Fotoapparaten und näherte sich dem Künstlerstand.

»Wie?« Inès starrte sie entgeistert an. »Man hat Ihre Tasche gestohlen?«

Tali nickte. »Leider ja. Gott sei Dank war nicht viel Bargeld darin. Aber dafür eine meiner Kreditkarten, mein Handy, zwei Miniatur-Eiffeltürme und ein kleiner alter Fotoapparat. Ausweis, weiteres Bargeld und sonstige Papiere habe ich glücklicherweise im Safe des Hotels gelassen.«

»Sie sollten Ihre Kreditkarte schleunigst sperren lassen.«

»Dürfte ich« Tali senkte, etwas peinlich berührt, den Blick. »Dürfte ich ... von Ihrem Handy aus telefonieren?«

Inès griff in ihre Jackentasche und reichte Tali dann ihr Mobiltelefon. »Natürlich können Sie meines benutzen.«

»0049 116 116«, murmelte Tali vor sich hin und tippte die Nummernfolge ein. Vor ihrer Abreise hatte sie sich extra noch erkundigt, wie die internationale Nummer für Kreditkartensperrungen lautete. Natürlich war sie nicht davon ausgegangen, die Nummer auch zu benötigen.

Innerhalb weniger Minuten war die Kreditkarte gesperrt.

Tali atmete auf. »So, das wäre erledigt.«

»Möchten Sie den Diebstahl nicht zur Anzeige bringen?«

Tali schüttelte den Kopf. »Das hatte ich auch schon überlegt, aber ich befürchte, ehrlich gesagt, dass es, außer stundenlangem Sitzen auf der Wachstation, nicht allzu viel bringen wird.«

»Und Ihr Handy? Sie sollten es ebenfalls sperren lassen.«

»Es handelt sich lediglich um ein Pre-Paid Kartentelefon.« Tali rieb sich die Stirn. »Ich habe mich wohl instinktiv auf diese Reise richtig vorbereitet.«

Inès sah sie mit einem mitfühlenden Blick an. »Es passiert leider öfter hier, dass Touristen bestohlen werden. Es tut mir sehr leid für Sie.«

»Scheint so, als hätten Sie recht gehabt. Die Stadt ist eben doch nicht nur Postkartenidylle.«

Sie lächelten sich an.

»Sie fanden mich vermutlich doch zu aufdringlich, nicht wahr?« Inès verzog das Gesicht. »Deswegen haben Sie sich auch so schnell verabschiedet.«

»Nein, ja ..., also, ich glaube nicht«, stammelte Tali und fühlte, wie ihr das Blut in den Kopf schoss. Sie senkte den Blick. *War mein Zögern so offensichtlich?*

»Tut mir leid, wahrscheinlich habe ich nichts als Unsinn geredet.« Inès blinzelte ihr zu und hielt dann schützend die Hände über die Augen. Unverhofft hatte sich der Himmel aufgeklärt und die Sonne war zum Vorschein gekommen.

Tali schluckte ein paar Mal. Dann räusperte sie sich und nahm ihren ganzen Mut zusammen. »Vielleicht kann ich mich bei Ihnen für das Porträt revanchieren? Sicher sind Sie trotz dem bisschen Sonne schon ganz durchgefroren. Deswegen mein Vorschlag: In meiner Manteltasche befindet sich noch ein Zwanzig-Euro-Schein. Ich lade Sie auf einen Kaffee und ein Sandwich ein. Dabei können Sie sich ein wenig aufwärmen und eine Pause machen.«

Inès schien nur ganz kurz zu überlegen. »Einverstanden.« Dann strahlte sie Tali an. Ihr Lächeln entblößte eine Reihe weißer Zähne. »Aber vorher ... Warten Sie hier ganz kurz auf mich? Ich bin gleich wieder zurück.«

»Also gut, aber ...« Tali blickte bereits auf Inès' Rücken, welcher im Gedränge verschwand.

Nach wenigen Minuten stand Inès wieder vor ihr und

überreichte ihr ein kleines Papiertütchen. »Für Sie.«

»Äh, danke.« Tali nahm das Tütchen entgegen.

»Wollen Sie nicht wissen, was drin ist?«

Sie öffnete es und lugte vorsichtig hinein. »Ein Schlüsselanhänger mit pink-farbenem Miniatur-Eiffelturm.« Ein Lächeln huschte über ihr Gesicht. »Woher wussten Sie, welche Farbe ich gekauft hatte?«

Inès zuckte grinsend die Schultern. »Weibliche Intuition?«

»Das ist wirklich … nett von Ihnen.«

Ein Pärchen blieb kurz neben ihnen stehen und diskutierte lautstark auf italienisch.

Schließlich sagte Inès: »Ganz in der Nähe gibt es ein nettes Café. Sehr schlicht und authentisch, und normalerweise nur von Einheimischen bevölkert.«

Tali nickte. »Hört sich interessant an.«

Ihren Zeichenblock hatte Inès unter die Achsel geklemmt. Mit der anderen freien Hand wedelte sie in der Luft herum. »Wenn Sie wollen, führe ich Sie hin. Aber nur unter einer Bedingung: Ich lade *Sie* ein.«

Talis Wangen glühten wärmer als der Heizstrahler über ihren Köpfen, als sie Inès im Außenbereich des kleinen Cafés am Boulevard de Rochechouart tief in die goldbraun gesprenkelten Augen sah. »Was machen Sie in Paris, wenn Sie nicht zeichnen?«

Inès nippte an ihrem *Café crème* und wischte sich dann mit dem Handrücken über den Mund. »Ich schlage mich so durch. Als unbekannte Künstlerin ohne Atelier,

Vernissagen und die richtigen Kontakte kommt man in Paris nicht weit.« Ein kleines trauriges Lächeln huschte über ihr Gesicht. »Vermutlich auch nirgendwo sonst, hm?« Sie machte eine kleine Pause. »Ich kellnere nebenbei. Fast jeden Nachmittag in einem Café. Außer jeden zweiten Samstag und Sonntag. Da bin ich meistens hier am Montmartre und zeichne die Touristen.«

Touristen wie … mich? Talis Blick forschte in ihrem Gesicht. *Gehst du öfter mit deinen Kunden Kaffee trinken? Und – vor allen Dingen, bietest du deine Dienste öfter kostenlos an?* Sie hüstelte. »Das sind zwei ganz lukrative Einkommen, nehme ich an. Und sicher begegnen Sie einer Menge interessanter Menschen.«

Inès musterte Tali eine Weile, bevor sie antwortete: »Sehr selten ist eine wirklich interessante Begegnung dabei.«

Für einen Moment waren nur die Gesprächsfetzen von den umliegenden Tischen zu hören.

»Und Sie?«, fragte Inès dann. »Sie sagten etwas von Projektleiterin im Finanzbereich. Was macht man da genau?«

»Ich möchte Sie wirklich nicht langweilen.« Etwas verlegen winkte Tali ab. »Es geht dabei viel um Analyse und Controlling. Ich arbeite mit den verschiedenen Abteilungen der Firma, wie der Buchhaltung und dem IT-Bereich, zusammen und optimiere systemgestützte Prozesse.«

Inès rührte mit dem Löffel in der Tasse. »Hört sich … nach einem verantwortungsvollen Posten an.«

Tali nickte. »Ja, das ist es auch.« Sie nippte an dem Kaffee und verzog das Gesicht. *Scheußlich.* Dann stellte sie die Kaffeetasse wieder vor sich ab und lehnte sich ein Stück zu Inès vor. »Und Sie? Ich nehme an, Sie haben Kunst studiert?«

»Ja, ich habe sechs Semester an der Kunsthochschule studiert.«

»Und jetzt studieren Sie dort nicht mehr.« Es war mehr eine Feststellung als eine Frage.

»Nein. Es gab einfach zu viele abschreckende Beispiele.«

Tali hob eine Augenbraue. »Wie?«

»Künstler mit einem Masterdiplom, die am Ende doch in Call-Centern landen und Kundenreklamationen bearbeiten.« Inès rang sich ein Lächeln ab. »Das hat mich ehrlich gesagt nicht gerade motiviert, weitere Kurse zu belegen. Ich habe mit dem DNAP abgeschlossen. Das entspricht in etwa dem Bachelor of Arts. Danach habe ich mich vier Semester lang an Ethnologie probiert.« Sie kratzte sich am Ohr. »Momentan bin ich gar nicht mehr an der Uni eingeschrieben.«

»Wären die Jobaussichten damit nicht auch ein wenig ... eingeschränkt gewesen?«

»Das Studienfach, das mich interessiert *und* gute Chancen auf dem Arbeitsmarkt bietet, muss wohl erst noch erfunden werden.« Inès seufzte leise. »Mein Traum ist es nach wie vor, als freischaffende Künstlerin zu arbeiten. Ein Standplatz auf der *Place du Tertre* wäre dabei das Nonplusultra.«

»Sie sagten, es gäbe ein Ausleseverfahren.« Tali fächerte sich kurz Luft zu. Unter dem Heizstrahler wurde es ihr nun fast schon zu heiß. »Haben Sie sich denn bereits beworben?«

»Jedes Jahr aufs Neue.« Inès hob eine Schulter und ließ sie wieder fallen. Sie lachte trocken. »Ich hoffe, zusammen mit einer ganzen Reihe von Mitbewerbern, immer noch auf einen positiven Bescheid.«

Tali rutschte auf ihrem Stuhl herum. Ob sie Inès bitten konnte, den Platz mit ihr zu wechseln? Sie sah sich kurz um und dabei wurde ihr schwindelig. *Diese Hitze hier, nicht auszuhalten.* Sie hatte das Gefühl, nicht genug Luft zu bekommen. Doch alle umliegenden Tische waren voll besetzt. Es gab nirgendwo einen freien Platz.

»Sie sehen ein wenig blass aus.« Inès forschte in Talis Gesicht. »Wollen Sie noch etwas trinken?«

Etwas trinken? Etwa noch einen Nachschlag von dem grausigen Kaffee? Tali schüttelte heftig den Kopf. Ihre Welt drehte sich plötzlich. Der Kaffee in ihrem Magen schien wieder raus zu wollen. *Oh, Gott.* Tali sprang wie von der Tarantel gestochen auf und machte ein paar hastige Schritte in den Barraum. »Les toilettes, s'il vous plaît?«, krächzte sie unter größter Beherrschung in Richtung Theke.

Der Barmann hinter dem Tresen beäugte sie abschätzig und zeigte mit dem Finger auf Stufen, die nach unten führten.

Sie stürmte, den heftigen Würgereiz unterdrückend und mit der Hand vor den Mund gepresst, die Treppen hinunter. Irgendwie schaffte sie es noch im letzten Augenblick, in einer der Kabinen zu verschwinden.

Während ihr Magen sich noch seines Inhalts entledigte,

stieg Scham in Tali auf. Mit zittrigen Beinen wankte sie zum Waschbecken. *Toller erster Eindruck. Bravo.* Unter dem Wasserhahn spülte sie sich den Mund aus und klatschte sich ein wenig von dem kühlen Nass ins Gesicht, um sich zu erfrischen.

»Tali? Sind Sie da?«

Sie fuhr hoch, als Inès' Stimme an ihr Ohr drang.

Mit ein paar Schritten war Inès bei ihr und legte Tali die Hand auf die Schulter. »Ist Ihnen schlecht?« In ihrer Stimme klang echte Besorgnis. Im Zeitlupentempo zog Inès ihre Hand wieder weg.

Eine Gänsehaut breitete sich an der Stelle aus, an der Inès sie gerade berührt hatte. »Mir geht es gut. Keine Sorge.«

»Sind Sie sicher?« Inès musterte sie skeptisch.

»Ja, ganz sicher.«

»Haben Sie vielleicht irgendetwas Falsches gegessen?«

»Es ist der Kaffee«, murmelte Tali. »Ich vertrage keinen.« Sie wischte sich mit dem Handrücken den Mund trocken.

»Wenn Sie das wissen, warum trinken Sie dann welchen?« Inès klang ein wenig belustigt.

»Ich dachte, nun ...«, stammelte Tali, »wir sind hier in Paris, das Flair, Sie wissen schon ...« Ein erneuter Würgereiz überkam sie. Sie schloss die Augen und betete, dass es nur ein falscher Alarm war. Eigentlich dürfte sich doch jetzt schon nichts mehr in ihrem Magen befinden, so wenig, wie sie heute gegessen hatte.

»Tali?«

Die besorgte Stimme schien von irgendwo weit her zu kommen.

Eine Hand berührte sie sanft an Wange und Stirn. »Fieber haben Sie keines. Hoffentlich war es wirklich nur der Kaffee und Sie haben sich keinen Virus eingefangen.«

Ihre Wangen begannen zu brennen. War es wegen Inès' Berührung? Irgendetwas stimmte mit Talis Atmung nicht. Sie würde doch nicht gleich auch noch hyperventilieren? Einen tiefen Atemzug später wurde sie wieder ruhiger. Sie blinzelte und öffnete dann wieder die Augen. *Gott, wie peinlich. Ich schwöre, nie wieder auch nur einen Schluck Kaffee anzurühren.* »Nein, nein, es geht schon wieder.«

Eine der Kabinen flog auf und eine Frau kam heraus. Sie zwang Tali und Inès wortlos für sie Platz zu machen und wusch sich die Hände im Waschbecken, während ihre Augen im Spiegel beide mehrmals streiften.

Stocksteif stand Tali da. Inès' Nähe fehlte ihr.

Die andere Frau musterte beide noch einmal mit forschendem Blick, schob sich dann an Tali vorbei, öffnete die Tür und ließ sie mit einem lauten Krachen wieder zufallen.

Inès lehnte sich mit einem Arm an der Wand an. »Wird es gehen? Meinen Sie, wir können wieder nach oben gehen? Oder ... vielleicht wollen Sie nach draußen? Frische Luft schnappen?«

Tali rieb sich erschöpft über die Stirn. Erneut schloss sie die Augen und öffnete sie gleich wieder. »Frische Luft wäre sicher gut.«

»Vielleicht ist es auch besser, ich bringe Sie nach Hause.« Inès' Augen ruhten auf ihr. »Wo wohnen Sie in Paris?«

»Etwas außerhalb, in einem kleinen Hotel, aber...« Energisch schüttelte Tali den Kopf und spürte gleich darauf, wie ihr schwindelig wurde. *Jetzt reiß dich zusammen.* »Es wird wirklich nicht nötig sein. Vielleicht nehmen Sie einfach wieder Platz und ich gehe für zwei Minuten vor die Tür?«

»Ich lasse Sie sicher nicht allein gehen.« Inès schob entschlossen das Kinn vor. »Wenn, dann gehen wir kurz gemeinsam nach draußen.«

Der Kellner kam schon zum zweiten Mal, um sich zu erkundigen, was sie trinken wollten, und auch dieses Mal lehnten sie dankend ab. Wortlos brachte er ihnen eine Karaffe Leitungswasser, stellte sie mit wuchtigem Schwung auf dem Tisch ab, so dass einige Spritzer Wasser auf dem Papiertischtuch landeten, und verschwand wieder.

Tali fragte sich, wie lange es wohl noch dauern würde, bis man sie aufforderte, das überfüllte Café zu verlassen, um anderen zahlenden Gästen Platz zu machen?

»Was können Sie mir für meinen Aufenthalt hier in Paris noch empfehlen?«, fragte Tali. »Haben Sie einen Geheimtipp für mich? Abseits der ausgetrampelten Touristenpfade?«

Inès nickte emsig. »Wenn Sie etwas Besonderes wollen, kann ich Ihnen die Pariser Flohmärkte empfehlen.« Etwas zögerlich fügte sie hinzu: »Haben Sie … morgen etwas vor? Wenn Sie wollen, treffen wir uns und ich zeige Ihnen einen der Besten, den *Marché aux Puces* in Saint-Ouen.«

Inès hat Interesse an dir. Sonst würde sie nicht anbieten dich zu begleiten. Oder will sie vielleicht doch nur nett sein? »Ihr Angebot klingt verlockend. Aber ich will Sie wirklich nicht von Ihrer künstlerischen Tätigkeit abhalten. Morgen ist Sonntag, das heißt, Sie wären normalerweise am Montmartre mit ihrem Zeichenblock unterwegs.«

»Das ist schon okay. Machen Sie sich deshalb keine Sorgen. Wenn ich an einem Sonntag fehle, wird das nicht gleich ein Loch in meine Haushaltskasse reißen.«

»Was ich so gehört habe, sind die Mieten in Paris unerschwinglich.« Tali forschte in Inès' Gesicht. »Ein Tag Ausfall kann da vermutlich schon viel ausmachen.«

Inès machte eine wegwerfende Handbewegung. »Halb so wild. Ich wohne in einer WG. Wenn es zum Monatsende hin geldmäßig mal nicht reichen sollte, legen alle zusammen. Außerdem haben wir einen sehr talentierten Koch in der Wohngemeinschaft. Philippe schafft es auch aus einem Nichts an Zutaten ein leckeres Essen für alle zu zaubern.« Inès senkte den Blick und spielte mit dem Ring an ihrem Finger. »Ich begleite Sie wirklich gerne.«

Tali hob lächelnd den Blick. »Dann nehme ich auch Ihr zweites Angebot dankend an.«

»Nichts zu danken, Tali.« Inès lächelte sie über den Tisch hinweg an. »Die Freude ist ganz auf meiner Seite.«

»Philippe, ist das Ihr Freund?« Tali biss sich auf die Zunge. In ihrem Brustkorb flatterte ein ganzer Vogelschwarm. Hoffentlich sah Inès ihr nicht an, wie groß ihre Neugier war.

»Nein. Ist er nicht.« Fahrig strich Inès sich durch die schwarzen Haare. Sie blinzelte. »Ich bin lesbisch.«

Talis Herz raste. Sie glühte. *Bingo. Sie also auch.* Das war ihre Chance. »Ich bin auch lesbisch.«

Inès sah kurz hoch und richtete den Blick dann auf die Karaffe in ihrer Hand. Sie goss ihnen beiden von dem

Leitungswasser in die Gläser ein. Ihre Miene blieb dabei unbeweglich.

Nur weil sie beide lesbisch waren, hieß das leider noch lange nicht, dass Inès sich zu ihr hingezogen fühlte. Tali allerdings konnte gar nicht aufhören, Inès' Gesicht zu studieren. *Sie hat unglaublich schöne Haut.* Milchfarben, zart, fast durchscheinend. Und diese wahnsinnig sinnlichen vollen Lippen. Ob Inès sie attraktiv fand? *Genauso attraktiv wie ich sie?*

Inès nahm einen Schluck aus ihrem Glas und stellte es wieder vor sich ab. »Und Ihre Freundin? Hatte sie keine Zeit, Sie nach Paris zu begleiten? Sicher nicht einfach, wenn Sie öfter auf Geschäftsreise sind.«

Tali verschluckte sich fast an ihrem Wasser. »Mmh, ich werde zu Hause in Berlin immer ganz sehnsüchtig erwartet...« Tali zog eine Grimasse. »... von meiner Katze.«

»Sie haben eine Katze?«

Tali hob die Arme in die Höhe. »Nein.« Sie schüttelte energisch den Kopf. »Das arme Tier wäre die meiste Zeit mutterseelenallein in einer Stadtwohnung eingesperrt. Katzen und Hunde sind laut Mietvertrag auch gar nicht erlaubt.«

Inès kräuselte die Nase. »Wie?«

Tali winkte ab. »War nur so eine Redensart.« Sie lächelte. »Ich bin Single.«

Aus dem Augenwinkel heraus beobachtete Tali Inès und versuchte in ihrem Gesicht zu lesen, doch die senkte den Blick und betrachtete intensiv ihre Fingerspitzen.

Nachdem Tali tief Luft geholt hatte, sagte sie: » Paris ist eine riesige Stadt. Da kann man an netten Begegnungen sicher leicht vorbeilaufen.«

Inès hob das Kinn. »Ja, das kann leicht passieren.«

»Als ich heute Morgen in meinem kleinen Hotelzimmer aufgewacht bin, habe ich mir jedenfalls nicht ausgemalt, wo mein heutiger Ausflug an den Montmartre mich hinführen wird.«

Inès grinste verschmitzt. »Eh oui, la vie est pleine de surprises.« *Das Leben ist eben voller Überraschungen.* Sie griff über den Tisch und für einen kurzen Augenblick schien es, als wolle sie ihre Hand auf Talis Handrücken legen. Doch da zog Inès ihre Hand auch schon wieder zurück.

Der Kellner erschien an ihrem Tisch. »Alors, Mesdemoiselles, darf ich Ihnen noch etwas bringen?« Seiner Miene nach zu urteilen, würde es das letzte Mal sein. Wenn sie jetzt nicht bestellten, mussten sie gehen.

»Ja, das dürfen Sie.« Inès sah ihn mit zusammengekniffenen Augen an. »Wir hätten gerne die Rechnung, bitte.«

Der Kellner kritzelte eilig etwas auf seinen Block.

Inès reichte ihm wortlos, ohne auf ein Trinkgeld aufzurunden, ihre Kreditkarte.

Als sie das Café verließen, hielt Inès Tali die Tür auf und zuckte entschuldigend die Schultern. »Antoine, mein Stammkellner, scheint heute leider seinen freien Tag zu haben.«

Vor der Tür rauschte der tosende Verkehr des Boulevards an ihnen vorbei. Im geschützten Außenbereich des Cafés war es viel weniger laut gewesen. Außerdem war es ungemütlich kalt, ein richtiger Temperatursturz nach dem langen Sitzen unter dem Heizstrahler. Unwillkürlich zog Tali den Mantelkragen enger zusammen. Es war schon dunkel geworden. Die Lichter der Stadt erhellten die Straßen und tauchten Paris in eine surreale Atmosphäre, fast wie in einem *Film Noir.* Oder so surreal wie die Begegnung mit Inès.

Tali steckte ihre rechte Hand in die Manteltasche und umfasste das Bild, das Inès ihr geschenkt hatte. Eigentlich hatte sie noch keine Lust, sich jetzt schon wieder von Inès zu trennen. Würden sie sich morgen auch wirklich wiedersehen? Oder würde dieses kleine Zusammenkommen lediglich als eines ihrer schönsten Souvenirs an den Schulungsaufenthalt zu verbuchen sein? »Wie kann ich Sie erreichen?«, fragte Tali. Sie kaute auf ihrer Unterlippe. »Ich meine, äh, wegen des Flohmarktbesuchs.«

»Haben Sie einen detaillierten Stadtplan?«

»Denke schon. Wenn nicht, kann ich auch im Internet nachsehen.«

»Wofür interessieren Sie sich am meisten?« Inès musterte Tali. »Antiquitäten? Moderne Kunst? Musik? Kleidung? Bücher?«

Tali rieb sich die Stirn. »Äh, ein wenig von allem?«

»Treffen wir uns vor dem Eingang des Marché Paul Bert. Ecke Rue Paul Bert. Métro 4 Porte de Clignancourt.« Inès fuhr sich durch die schwarzen Haare. »Gegen dreizehn Uhr?«

»Einverstanden.« In Gedanken wiederholte Tali die Anweisungen. *Himmel. Hoffentlich kann ich mir das alles merken. Ich muss einfach.* Sie trat einen halben Schritt näher an sie heran. »Inès, Sie werden doch auch wirklich da sein?«

Inès schenkte Tali einen tiefen Blick aus ihren großen Augen. »Natürlich werde ich da sein. Schließlich war ich es doch, die Ihnen das Angebot gemacht hat.« Sie lächelte und zeigte ihre Grübchen. »Ich komme mit dem Fahrrad zum Flohmarkt.«

Tali sprang noch im letzten Moment aus der Métro 4, während der langgezogene Hupton das sofortige Schließen der Türen verkündete. Auf dem Bahnsteig atmete sie einmal tief durch. Sie fuhr sich mit der Hand durch die Haare. Wo war sie nur gerade in Gedanken gewesen? *Porte de Clignancourt* war doch ihre Station. Sie bog zusammen mit dem Großteil der Passagiere rechts ab und stieg Treppen hinauf, die sie nach oben ins Freie führten.

Tali legte den Kopf in den Nacken und blinzelte. Ein strahlend blauer Himmel spannte sich über ihrem Kopf und sobald sie oben angekommen war, stieg ihr ein verführerischer Duft in die Nase. Sie schnupperte nach. *Mmmh.* Der Duft von gerösteten heißen Maronen.

Ein junger, pakistanisch aussehender Mann hatte einen Einkaufswagen zum portablen Ofen umfunktioniert und röstete auf einem runden Metallteil, welches auf einem Kanister stand, goldbraune Maronen. Er trat von einem Fuß auf den anderen und hielt immer wieder die Hände über die Feuerstelle. »Marrons chauds«, rief er Tali zu, »deux euros, Mademoiselle.«

Angelockt von dem Geruch blieb Tali stehen.

Mit einem strahlenden Lächeln hielt der Verkäufer ihr

gleich darauf eine Portion hin, die er in Zeitungspapier eingewickelt hatte.

Sie legte zwei Münzen in seine Hand. Mit der Maronentüte in der Hand machte Tali ein paar Schritte und sah sich suchend um. Vorsichtig fischte sie eine noch dampfend heiße Marone aus dem Zeitungspapier, blies ein paar Mal darauf und steckte sie sich in den Mund. *Köstlich!* Sie kaute und schluckte. Dann sah sie sich erneut um. Auf der gegenüberliegenden Seite erspähte sie endlich das Schild: *Marché aux Puces*. Sie überquerte die Straße und folgte immer dem Verlauf. *Inès*. Tali lächelte. Gleich würde sie sie wiedersehen.

Fast wäre Tali am Eingang des Flohmarktes vorbeigerannt. Der Flohmarkt war unterteilt in mehrere Einzelmärkte. Sie sah nach oben. *Marché Paul Bert* stand dort oben über ihrem Kopf in gelben Lettern zu lesen. Hier war der Treffpunkt, den sie mit Inès gestern ausgemacht hatte. Suchend wendete Tali den Kopf nach links und nach rechts. Sie hatte sich sogar verspätet. Eigentlich müsste Inès doch längst da sein. Oder hatte sie es sich etwa anders überlegt? Bei dem Gedanken wurde ihr ganz flau im Magen. *Bitte. Du musst einfach kommen.* Nach einem weiteren Blick auf die Uhr vergrub Tali die Hände in die Manteltaschen und lief unruhig ein paar Schritte auf und ab. Gaben fast fünfundzwanzig Minuten Verspätung Grund zur Annahme, dass ...?

In ihrem Rücken hörte sie, wie ihr Name gerufen wurde.

Tali fuhr herum und sah Inès mit fliegenden Schritten auf sie zustürmen. Ein Lächeln schlich sich auf Talis Mundwinkel.

»Es tut mir leid«, schnaufte Inès. »Ich hatte meine Kreditkarte vergessen und musste noch einmal nach Hause. Deswegen habe ich mich verspätet.« Inès strahlte Tali an. »Ich bin so froh, dass du auf mich gewartet hast. Schließlich habe ich weder deine Nummer noch deine Adresse ... äh, ich hoffe, es ist okay, wenn wir uns duzen?«

Tali grinste von einem Ohr zum anderen. »Natürlich können wir uns gerne duzen. Und dass du zu spät bist, ist doch kein Problem. Nun bist du ja hier und wir können gemeinsam den Tag genießen.« Inès sah zum Anbeißen aus mit den geröteten Wangen und dem dezenten Gloss auf ihren Lippen. Zu einer hautengen schwarzen Röhrenjeans trug sie einen roten Trenchcoat. Talis Blick glitt verstohlen an ihr hinunter und blieb an den roten Pumps hängen. Ein leichtes Kribbeln breitete sich in ihr aus. *Wow. In dem Outfit hat Inès auf dem Fahrrad sicher ein paar Beinahe-Unfälle verursacht.*

»Hast du auch einfach hergefunden?«, fragte Inès.

Tali stockte. Eigentlich hatte sie sich in dem Gewimmel von Gassen, Straßen und Verkaufsständen verlaufen und zwei Mal ein paar Händler nach dem Weg fragen müssen. Sie zupfte sich zwei Mal kurz am Ohrläppchen. »Es war ... nun ja, ... relativ einfach zu finden.«

Eine Weile schlenderten sie durch die engen Gassen des Marché Paul Bert.

Immer wieder brach Tali in Entzückungsschreie über die teilweise mit Kletterpflanzen umrankten roten, gelben und pastellfarbenen Häuschen aus, in denen die

Trödelmarkthändler ihre festen Stände beherbergten. »Nein, wie süß. So einen Flohmarkt habe ich ja noch nie gesehen.«

Inès' Augen leuchteten. »Der Markt hat wirklich viel Stil, deswegen wollte ich ihn dir auch zuallererst zeigen.«

Zwischen Barockmöbeln und Kunstgegenständen fiel Talis Blick auf nostalgisches Geschirr, Objekte aus Plastik und Metall, ein ehemaliges Schaltbrett einer Fabrik, ein altes ausgedientes Briefsortierregal der französischen Post, einen massiven Kristall-Kronleuchter und griechische Säulen. »Gibt es wirklich Leute, die hier auch etwas kaufen?«, wisperte sie.

»Vermutlich kommen die meisten Besucher nur hierher«, Inès blieb vor einer verschnörkelten Frisierkommode stehen und strich über die kunstvollen Ornamente, »um die Atmosphäre auf sich wirken zu lassen.«

Wenig später liefen sie an den vielen Außenständen entlang, die angefangen bei ausrangierten Schuhen über Bügeleisen und Teppiche bis hin zu antiken Vogelkäfigen so gut wie alles verkauften.

Inès zog ein paar vierrädrige blaue Rollschuhe in Kindergröße aus einem der zahlreichen Kartons. Sie hielt sie in die Höhe und begann mit dem Verkäufer lautstark zu verhandeln.

»Aber, Mademoiselle«, rief der händeringend, »von irgendetwas muss ich auch leben. Ich habe eine Familie zu ernähren.« Er schüttelte den Kopf und ließ die Arme sinken.

»Meine kleine Nichte hätte sich sicher gefreut, vielleicht wäre es ein Ansporn gewesen, schneller wieder gesund zu werden, aber bei dem Preis ...« Inès schüttelte den Kopf, zog Tali am Arm und lief einfach weiter.

Tali zog erst eine Augenbraue hoch und musterte Inès dann grinsend von der Seite. Langsam dämmerte es ihr, was Inès da gerade vorhatte. *Gar nicht so schlecht, ihr cooles Verhandlungsgeschick.*

»Nicht so schnell, Mademoiselle, warten Sie«, rief es in ihrem Rücken.

Inès zwinkerte Tali zu, lief wieder ein paar Schritte zurück und bezahlte die Rollschuhe zu dem von ihr gebotenen Preis. »Haben Sie auch eine Tüte, Monsieur?«

Der Verkäufer verzog das Gesicht und winkte sie wortlos weiter.

»Deine Nichte ist doch nicht wirklich krank?«, flüsterte Tali, als sie ein paar Meter gelaufen und außer Hörweite waren.

»Nein, Gott sei Dank nicht. Und der Verkäufer wird auch ganz sicher nicht arm durch diesen Verkauf. Auf dem Flohmarkt muss man verhandeln können. Es ist ein Spiel, verstehst du?«

Irgendwann waren sie an der Hauptstraße Rue des Rosiers angekommen, wie Tali auf dem Straßenschild lesen konnte. Dort bogen sie nach rechts ab und trafen bald auf den grüngestrichenen Marché Dauphine. In dem zweigeschossigen Markt fiel Tali zuallererst die plätschernde giftgrüne Springbrunnenanlage in der Mitte auf. Sie hob den Kopf und sah nach oben. Ringsum über ihren Köpfen befanden sich lichtdurchflutete kleine Stände, an denen Möbel, antike Bücher, alte Schallplatten und die passenden nostalgischen Abspielgeräte sowie Secondhand-Kleidung verkauft wurde.

»Hast du jetzt vielleicht Lust auf ein wenig Vintage?«,

fragte Inès. »Es gibt hier wirklich tolle Klamotten aus verschiedenen Zeitepochen. Retrolook und klassisch aus den 1920-er bis 1970-er Jahren.« Sie blinzelte. »Ich oute mich hiermit als riesiger Fan von Vintage.«

»Oh.« Tali blies sich eine Locke aus dem Gesicht. »Dann wage ich auch einmal zu behaupten, dass ich Fan bin.«

Sie stiegen die Treppen nach oben und fanden einen Laden mit zahlreichen Schaufensterpuppen, die Kleidung aus den letzten Jahrzehnten zur Schau stellten.

Inès befühlte vorsichtig den Kreppstoff eines blau-weißen Tageskleides und besah sich das Etikett näher. »Es stammt aus den 40er Jahren.« Als sie den Blick wieder hob, flüsterte sie entzückt: »Was einem diese Kleider alles für Geschichten erzählen könnten.«

»Ja.« Tali betrachtete andächtig die Puppen. »Bei solchen Kleidern fragt man sich irgendwie auch automatisch nach dem Leben der Trägerinnen. Es ist spannend sich vorzustellen, welche Orte sie damit bereist haben und welche glücklichen Momente sie in den Kleidungsstücken erlebt haben.«

»Grand-mère Pauline, meine Großmutter, zumindest war keine sehr glückliche Frau und sie hatte ein ganz ähnliches Kleid in ihrem Schrank.« Inès lachte, doch es klang ein wenig gezwungen. Sie machte ein paar Schritte weiter und griff in die Auslage. »Grand-mère Pauline hat einmal prophezeit, dass das Pech in unserer Familie der weiblichen Linie folgt.« Sie hielt einen cremefarbenen Cloche Hut mit roter Schleife in die Höhe und probierte ihn vor dem Spiegel an. »Ich will nicht hoffen, dass es stimmt.« Ihr helles Lachen ertönte wieder.

»Nur der weiblichen Linie?« Tali zog eine Augenbraue hoch. »So ungerecht ist das Schicksal sicher nicht.« Sie forschte in Inès' Zügen. Auch wenn sie lachte, wirkte sie nicht richtig fröhlich. Es haftete ihr immer eine gewisse Melancholie an.

Inès beförderte den Cloche Hut wieder behutsam zurück in die Auslage. Mit geschickten Fingern ging sie anschließend die ordentlich aufgereihten Kleider an der Kleiderstange durch. Immer wieder stoppte sie, hielt ein besonders schönes Exemplar in die Höhe. »Leider sind die Preise gesalzen.« Sie hatte die Stimme gesenkt. »Ich komme eigentlich nur hierher, um zu schauen und weniger, um zu kaufen.«

»Verstehe. Hast du denn noch Kontakt zu deiner Großmutter?«

Inès wendete den Kopf. »Nein, doch als ich noch ein Kind war, sind wir jede Sommerferien in die Normandie gefahren.« Sie verzog das Gesicht. »Es war so ungerecht. Wo doch fast ganz Frankreich in den Sommerferien in den Süden, in die Provence oder an die Côte d'Azur, fährt.«

»Sicher hat die Normandie auch ihre gewissen Reize.«

»Natürlich hat sie das.« Inès' Blick huschte weiter über die Kleider. »Trotzdem habe ich dieses unheimliche düstere Haus in Fécamp gehasst.«

»Ein paar positive Erinnerungen an deine Kindheit sind doch bestimmt auch dabei.« Tali legte sich eine pinkfarbene gestrickte Stola um und musterte Inès durchdringend. »Denn wenn nicht, beginne ich mir spätestens jetzt Sorgen um deine Psyche zu machen.«

Inès schnappte sich einen flauschigen Hut mit Feder und setzte ihn sich auf. »Keine Sorge. So schlimm, wie es sich vielleicht anhört, war es gar nicht.« Sie winkte grinsend ab. »Zumindest gab es in der Normandie leckeren hausgemachten Apfelkuchen, die *Tarte Normande*, und meine Cousine Camille, die ich damals vergöttert habe.«

Eine ganze Weile waren sie inzwischen an den bunten hippiehaft anmutenden Ständen entlang geschlendert. Hier gab es trendige Klamotten im Rock 'n' Roll-Stil, riesige Plastiktaschen mit grellen Motiven und schrille Outfits der Sechziger und Siebziger.

Tali hielt ihr gerade neu erstandenes Paar roter Lederstiefeletten aus den siebziger Jahren in die Höhe. »Ein echtes Schnäppchen. Vielen Dank, dass du mich hierher auf den Flohmarkt geführt hast. Ohne dich hätte ich diesen Ort sicher nicht entdeckt.«

»Nichts zu danken. Ich freue mich, dass dir mein kleiner Geheimtipp gefallen hat.« Inès strahlte sie an und hob die Schultern. »Und jetzt? Was machen wir jetzt? Bist du müde? Hast du Hunger oder Durst?«

»Ich glaube, ich könnte eine kleine Stärkung vertragen.«

»Dein Wunsch ist mir Befehl.« Inès zog Tali an der Hand mit sich mit. »Wenn wir uns beeilen, bekommen wir im *Le Papillon* noch etwas zu Essen, bevor der Flohmarkt und die meisten der Lokale schließen.«

Nachdem sie ein paar Straßen gelaufen waren, merkte Tali, dass sie wieder in der Nähe ihres Ausgangspunktes angelangt waren. Sie war richtig stolz auf sich, dass sie sich hier bereits ein wenig auskannte. Allerdings fingen ihre Füße langsam an zu schmerzen. Erstaunlich genug, dass Tali sie überhaupt noch spürte, denn es kam ihr vor, als wären sie mittlerweile zu Eisklumpen erstarrt. Inès und sie hatten an diesem Nachmittag etliche Kilometer in äußerst kühlem, windigem Herbstwetter zurückgelegt und Tali trug wegen des erwarteten Fußmarschs lediglich bequeme Ballerinas ohne Strümpfe.

Galant hielt Inès ihr die Tür des Bistros mit seinen edlen burgunderroten Markisen und den mit mahagonifarbenem Holz durchzogenen Glasfronten auf. »Nach Ihnen, Mademoiselle.« Sie strahlte geradezu. Anscheinend machten ihr weder der Wind noch die Kälte etwas aus.

Tali trat ins Bistro ein. Wohlige Wärme umhüllte sie und der Geruch von geschmolzener Butter stieg ihr in die Nase. Neugierig ließ sie ihren Blick schweifen. Die Einrichtung bestand aus filigran geschnitzten dunklen Holzstühlen und Tischen mit blitzsauberen weißen Tischdecken und Gedecken. Auf einer riesigen Schiefertafel standen die *Plats du jour,* die heutigen Tagesgerichte, mit Kreide angeschrieben.

Sie nahmen an dem ihnen zugewiesenen Tisch Platz. Umgehend erschien ein Kellner, um ihre Bestellung entgegenzunehmen. Sie orderten eine Flasche Wein, zwei Salatteller *Fromagère* als Vorspeise und als Hauptgang *Raviolis aux cèpes.*

»Bist du auch Vegetarierin?«, fragte Tali lächelnd. Sie machte es sich auf ihrem Stuhl bequem und ließ sich gegen die Lehne zurücksinken. Ob Inès sich auch wünschte, dass ihr gemeinsamer Tag noch lange nicht zu Ende ging?

Inès nickte. »Unbedingt. Ich weiß gar nicht mehr, wann ich zum letzten Mal Fleisch gegessen habe. Mir wurde schon als Kind regelmäßig schlecht davon.«

»Ja, das kenne ich.« Tali strich sich eine widerspenstige Locke aus dem Gesicht. »Bei uns zu Hause wurde zwar biologisch korrekt, aber nicht vegetarisch gegessen. Das war jahrelang eine Tortur für mich.«

Der Kellner erschien mit dem Wein und schenkte ihn nacheinander galant in die Gläser ein. Er deutete eine Verbeugung an und verschwand dann wieder.

»Ich esse bereits seit Jahren fleischlos, doch eine Ausnahme gibt es«, sagte Inès mit ernstem Gesichtsausdruck. »Schnecken.«

Tali stellte ihr Glas Wein mit einem Ruck auf dem Tisch ab. Etwas von dem Rotwein schwappte auf die Tischdecke und sie rubbelte mit ihrer Serviette über den Fleck, obwohl sie wusste, welch sinnloses Unterfangen dies war. »Schnecken?« Tali zog eine Grimasse.

»Natürlich.« Inès nickte. »Franzosen essen für ihr Leben gerne Schnecken. Sag nicht, dass du das nicht wusstest.«

Tali schluckte schwer und besah sich den rosa Fleck näher. »Doch, doch. Das war mir bekannt.«

Augenblicklich begann Inès zu kichern. »Du hast mir tatsächlich geglaubt.«

Talis Kopf fuhr hoch. »Du magst gar keine Schnecken?«

»Nein.« Inès' Augen blitzten. »Schnecken habe ich als Kind in der Normandie gesammelt und mit Salatblättern gefüttert. Meine Schwester, meine Cousine und ich haben unsere Schnecken auch gegeneinander im Wettschleichen antreten lassen.« Sie schüttelte energisch den Kopf und lachte wieder dieses helle ansteckende Lachen. »Gegessen habe ich in meinem Leben erst eine einzige und selbst dazu hat man mich mit neun Jahren am Geburtstag meines

Onkels gezwungen.«

»Oh.« Tali atmete sichtbar erleichtert aus.

Inès musterte sie über den Tisch hinweg und blieb an ihrem Glas Rotwein hängen. »Ich hoffe, du verträgst französischen Bordeaux?« Sie nahm einen großen Schluck aus ihrem Glas, stellte es dann langsam wieder vor sich ab und beugte sich nach vorne. »Wenn nicht, dann trink bitte keinen.«

»Keine Sorge.« Tali winkte ab. »Mein Problem ist lediglich der Kaffee.« Ihre Wangen begannen zu glühen. Erinnerungsfetzen von dem Moment, als sie auf die Toilette rennen und sich übergeben musste, schossen ihr durch den Kopf. *Überleg dir lieber, was du jetzt Geistreiches sagen kannst.*

»Magst du Musik?«

Tali nickte. »Sicher.«

»Welche Art?«

»Gemischt. Jazz mag ich ganz gerne und …« Talis Gesicht wurde noch heißer. »Ab und zu höre ich romantischen Softrock.«

»Du magst Jazz? Ich auch.« Inès legte verzückt die Hand an die Ohrmuschel. »Hör mal kurz zu.«

Tali lauschte eine Weile der Hintergrundmusik im Bistro, schloss die Augen und wippte mit dem Oberkörper im Takt dazu. »Ein wirklich tolles Lied. Besonders die lateinamerikanischen Einflüsse.«

»Gefällt es dir?« Ein Lächeln huschte über Inès' Gesicht. »Eines meiner Lieblingslieder. Pink Martini mit *Amado Mio*.«

»Das ist aber nicht sehr Französisch.«

»Nein. Nicht wirklich.« Inès' geheimnisvolle Augen

funkelten Tali entgegen. »Dennoch bleibt es wundervoll.«

»Bist du eigentlich romantisch veranlagt?«

Inès betrachtete fasziniert den rosa Weinfleck auf dem Tischtuch. »Ein wenig schon.«

Zu gerne wollte Tali Inès sagen, dass sie sich wünschte, ihre paar Tage Schulungsaufenthalt mit ihr zu verbringen und ... Tali seufzte innerlich. In die Zukunft konnte sie nicht sehen, doch das Hier und Jetzt konnte sie beeinflussen. Und sie wusste, was sie wollte. *Was hab ich denn zu verlieren?* Über den Tisch fasste sie nach Inès' Hand. »Ich genieße diesen wunderbaren Tag mit dir sehr.«

Der Kellner kam mit der Bestellung. Seine Miene blieb ausdruckslos, während er servierte.

Tali ließ Inès' Hand los.

Von irgendwoher zauberte der Kellner ein silbernes Stabfeuerzeug. Mit einem Klicken zündete er das Teelicht auf dem Tisch an und verschwand.

Inès' Blicke trafen Talis über den Tisch hinweg. Sie hielten einen längeren Blickkontakt.

»Warum grinst du eigentlich so?«, fragte Inès nach einer Weile.

Tali zuckte zusammen. *Habe ich gegrinst?* »Ich habe da nur gerade an etwas denken müssen.« Sie hob den Kopf und sah Inès an. »Machst du das eigentlich öfter?«

»Was?«

»Kostenlose Angebote.«

Es sah so aus, als ob auf Inès Hals und Wangen rote Flecken tanzten. Auch im gedämpften Licht war es zu erkennen. Ihre Fingerspitzen trommelten auf der Tischplatte. »Du glaubst, dass ...?« Heftig schüttelte sie den Kopf. »Nein, das ist das erste Mal.«

Tali blickte Inès tief in die Augen. Jetzt wollte sie es wissen. »Warum hast du mir das Angebot gemacht, mich kostenlos zu porträtieren? In der Zwischenzeit hättest du anderswo Geld verdienen können.«

Inès rutschte auf ihrem Stuhl herum. »Ich finde, du hast sehr interessante Gesichtszüge ... das sagte ich dir ja bereits.«

»Ist das alles?«

»Ich habe gehofft, dass ...« Inès brach mitten im Satz ab und kaute stattdessen auf ihrer Unterlippe.

»Dass was?«, hakte Tali nach.

»Dass wir uns dadurch näher kommen würden.«

Talis Herz pochte wild. Wenn sie das gerade richtig verstanden hatte, hatte Inès sie also ganz bewusst angesprochen? »Und? Sind wir uns näher gekommen?«

Inès nahm einen großen Schluck Wein und setzte ihr Glas dann wieder ab. Sie betrachtete angestrengt ihre manikürten Fingernägel. »Ich glaube ja.« Sie hob den Blick wieder an. »Erzähl mir mehr von dir.« Ihre Stimme erklang nun in normaler Lautstärke. »Wie war deine Kindheit? Was hat dich beeinflusst? Geformt? Zu dem gemacht, was du heute bist?«

Tali konnte sich ein Grinsen nicht verkneifen. »Huh, das sind aber tiefgehende Fragen. Bist du sicher, dass du als Künstlerin den richtigen Beruf gewählt hast? Als Psychologin könnte ich dich mir auch ganz gut vorstellen.«

Inès brach sich ein Stück von dem Baguette ab. »Das wäre vielleicht sogar eine Option.«

Tali stocherte ein wenig in ihrem Ziegenkäse und dann in dem Blauschimmelkäse *Bleu d'Auvergne* herum. Sie war viel mehr an Inès interessiert, als an dem leckeren

Essen vor ihr. »Mein Vorbild war immer meine heute fast achtzigjährige Großtante Esther«, sagte Tali dann, »sie war in den fünfziger Jahren in Berlin Varietétänzerin. Als Kind habe ich sie oft besucht. Wir haben uns zusammen auf dem Dachboden verkleidet und Swing sowie Burlesque – natürlich ohne Stripeinlagen – zu uralter Plattenmusik getanzt. Ihr Leben hat Großtante Esther selbst bestimmt und auf Konventionen hat sie gepfiffen.«

Inès rang sich ein Lächeln ab. »Hört sich wirklich interessant an, deine Kindheit.«

»Und bei dir?«

Inès' Blick wurde hart. »Meine Mutter war alleinerziehend mit drei kleinen Kindern und manisch-depressiv. Ich hatte keine unbeschwerte Kindheit und Jugend und musste schon sehr früh Verantwortung übernehmen. Dass ich überhaupt studieren konnte, habe ich meinem Onkel zu verdanken, der sich für mich eingesetzt und finanziell unterstützt hat. Seit er aus Montréal zurückgekehrt ist, kümmert er sich um meine labile Mutter. Und ich beginne jetzt erst mein Leben so zu führen, wie ich es mir vorstelle.«

Tali musterte Inès mit mitfühlendem Blick und überlegte, was das genau bedeutete. Betraf es auch ihr Lesbisch-Sein und ihr Liebesleben?

Inès' Lippen verzogen sich zu einem schmalen Strich. »Die Zeiten haben sich glücklicherweise geändert.« Ihr Blick schweifte aus dem Fenster, auf die bereits laternenbeleuchtete Straße hinaus. »Heute gehe ich meine eigenen Wege und nehme mir meine Freiheiten heraus.« Inès sah Tali an. »Kann ich dir eine persönliche Frage stellen?«

Tali nickte. »Sicher.«

»Wusstest du schon immer, dass du lesbisch bist?«

Wie kam Inès denn jetzt darauf? »Ja. Ich hatte noch nie etwas mit einem Mann. Die haben mich nie interessiert. Meine erste Liebe war – welch Klischee – meine Lehrerin in der elften Klasse. Stefanie Wedekind. Eine junge Referendarin. Ich habe ihr sogar einen Liebesbrief geschrieben, aber mich nie getraut, ihn abzuschicken. Bis heute weiß ich nicht, ob Stefanie überhaupt lesbisch war oder ob ich mich mit dem Brief bis auf die Knochen blamiert hätte.« Nun war Talis Neugierde geweckt. »Und wie war das bei dir mit ...?«

»Äh, ich bin auch schon immer lesbisch.« Über der Tischplatte verknotete Inès die Finger ineinander. »Mit einem Mann war ich noch nie zusammen.«

Tali forschte in Inès' Gesicht. »Das meinte ich gar nicht. Ich sprach über deine erste Liebe.«

»Wie?« Ruckartig wendete Inès den Kopf. Sie löste die Finger voneinander und verschränkte nun die Arme vor der Brust. Nach einer kurzen Pause antwortete sie: »Teenagerschwärmerei, aus den Augen verloren, dann zwei Jahre Beziehung. Bis etwas passiert ist, das mir gezeigt hat, dass ich auf die andere Person nicht zählen kann.« Inès lächelte bitter. »War eine ziemlich einschneidende Erfahrung.«

»Oh.« Tali biss sich auf die Lippen. »Das tut mir leid, ich wollte nicht an alten Wunden rühren.«

»Schon okay. Es war nur ... kennst du das, wenn man liebt und sich dabei nicht sicher ist, ob es nicht eher Freundschaft ist, die einen verbindet?« Inès wandte sich ab und starrte auf einen unbestimmten Fleck an der Wand.

»Meine erste Liebe«, presste sie hervor, »das war eine von denen, bei denen man sich wünscht, es wäre bei einer reinen Freundschaft geblieben.«

Autsch. Es war wohl ein Fehler gewesen, dieses Thema gerade jetzt anzusprechen. Tali war dankbar, dass der Kellner genau in diesem Moment kam und die beiden Hauptspeisen servierte.

Für eine Weile aßen sie schweigend.

Tali lauschte dem Klappern ihres Bestecks auf den Tellern. Ab und an warf sie Inès einen verstohlenen Blick zu.

Irgendwann wurden Inès' Gesichtszüge wieder weicher. Sie sah von ihrem Teller hoch. »Lassen wir uns von alten Geschichten nicht den Ausflug verderben. Ich freue mich, dass ich dich getroffen habe.« Ein kleines Lächeln huschte über ihr Gesicht. »Und dass wir hier heute sitzen. Stoßen wir darauf an?«

Inès hob ihr Weinglas und ihre Gläser klangen aneinander.

»Auf uns, Tali.«

»Auf uns, Inès.« Tali betrachtete Inès' schmales Gesicht im Kerzenschein und erneut wurde ihr bewusst, wie anziehend sie auf sie wirkte. Das gedämpfte Licht zeichnete Inès weicher, verletzlicher. Tali unterdrückte den Impuls aufzuspringen, um sie in ihre Arme zu schließen.

Sie sahen sich über den Tisch hinweg an. Ein Moment lang herrschte Schweigen.

»Hast du eigentlich Geschwister?«, fragte Inès in die Stille hinein.

Tali nickte. »Ja. Ich bin die Mittlere. Außer mir und meinem Bruder gibt es auch noch eine jüngere Schwester.«

Inès schmunzelte. »Interessant.«

»Was ist daran interessant?«

»Eine Theorie, die ich einmal in einem Buch gelesen habe.«

»Und die wäre?«

Inès zerteilte ihre Ravioli auf dem Teller. »Je nachdem, in welcher Position das Kind geboren ist, wirkt sich dies auf den späteren Charakter aus. Als Mittlere beispielsweise bist du konfliktscheu, ausgleichend und früh unabhängig.«

Tali rollte erst mit den Augen und lachte dann. »Immer diese pauschalen Verallgemeinerungen.«

»Es stimmt also?« Inès' Augen blitzten.

»Reiner Zufall.«

Beide kicherten.

»Und bei dir?« Tali schob sich ein Stück Ravioli mit Steinpilzsoße in den Mund und kaute genüsslich.

Inès rieb sich über die Stirn. »Ähm, ich habe eine Zwillingsschwester. Ich bin die Ältere von uns. Und dann gibt es noch einen ein Jahr jüngeren Bruder.«

»Erstgeborene also. Das bedeutet was?«

»Ehrgeizig, zielstrebig, tonangebend.«

Tali sah sie eindringlich an.

Inès zuckte mit den Schultern. »Leider widerlege ich die These in einigen Punkten.«

»Menschen in Schubladen zu stecken funktioniert eben nicht.«

»Da hast du wohl recht.«

Inès lachte und Tali stimmte in ihr Lachen mit ein.

Als sie bemerkten, dass die Gäste am Nebentisch sie bereits beobachteten, wurde ihr Lachen noch lauter und ausgelassener.

Inès machte dem Kellner ein Zeichen.

Er eilte zu ihnen herüber.

»Lass mich dieses Mal zahlen«, sagte Tali, mit vom verhaltenen Lachen gepresster Stimme, und schob dem Kellner ihre Kreditkarte hin. Glücklicherweise war sie mit zwei Kreditkarten angereist und hatte eine davon sicher im Safe des Hotels aufbewahrt.

»Vielleicht bleibt mir die Möglichkeit, mich vor deiner Abreise zu revanchieren?«, fragte Inès.

Unter ihrem Blick wurde es Tali ganz schummrig. Wenn sie sich bis jetzt nicht sicher gewesen war, dann war sie es jetzt. Auch Inès wollte mehr. Die Frage war nur, wie viel mehr.

Vor der Tür des Bistros wehte ein eisiger Wind. Der Flohmarkt lag im Dunkeln, die Läden waren überall heruntergelassen. Zusammen mit Inès war die Zeit wie im Fluge vergangen. Tali bibberte in ihrem leichten Mantel. *Warum habe ich nicht an wärmere Kleidung gedacht?* »Vielen Dank für den schönen Ausflug, Inès.« Sie musste kurz schniefen, dann lächelte sie Inès an. *Bitte sag jetzt nicht, dass du dich verabschieden willst.*

Inès' Kiefer bewegten sich leicht, so als ob sie auf einem Kaugummi kaute. Nach einer kurzen Pause fragte sie: »Hättest du vielleicht Lust auf einen Spaziergang an der Seine?«

Tali musterte Inès stumm und zog statt einer Antwort fröstelnd die Schultern hoch. Wenn sie jetzt Nein sagte, würde dies vermutlich das Ende ihres gemeinsamen Tages bedeuten, oder? Was bedeutete es im Gegensatz dazu schon, wenn sie ein wenig länger fror?

Inès stemmte eine Hand leicht in die Hüfte. »An der Wasserlinie entlang ist es etwas windgeschützter als hier. Dafür sorgen die hohen Kaimauern. Außerdem ist das Viertel Saint-Michel so oder so einen Besuch wert. Wenn du dort nicht warst, hast du Paris nicht gesehen. Wir nehmen die Métro und sind in weniger als fünfundzwanzig Minuten dort.«

Tali verdrängte den Gedanken an ihr weiches, warmes Hotelbett. Eine kleine Stadtführung bei Nacht zusammen mit Inès konnte sie sich nicht entgehen lassen. »Schon überredet.« Sie rieb die Hände gegeneinander. »Und dein Fahrrad?«

Inès lachte nur. »Ist ein *Vélib'*. Man leiht sich in Paris die Fahrräder per Kreditkarte oder Abonnement und gibt sie an verschiedenen Stationen wieder ab.« Aufmunternd lächelte Inès ihr zu und bot Tali ihren Arm an.

Zusammen eilten sie die Avenue entlang in Richtung Métrostation.

Vor der Fontäne mit den beiden wasserspeienden Drachen wirbelten junge Leute durcheinander und begrüßten sich mit Küsschen auf die Wangen. Ein Rosenverkäufer stand vor einem Café und wartete auf Kundschaft. Einige Meter weiter stieg eine elegant gekleidete Dame aus einem Taxi. Sie flanierte an ihnen vorbei und verschwand zu ihrem Rendezvous in einem der vielen kleinen Restaurants rund um die *Place Saint-Michel*.

Als sie die Kreuzung überquerten, sah Tali auf der rechten Seite eine Kathedrale in gotischem Baustil aufragen. Kurz darauf standen sie davor. Ehrfürchtig betrachtete Tali das Gebäude. Das war also Notre-Dame. Zum Greifen nah.

»Notre-Dame ist voller Mythen und Legenden, da gab es einmal einen ...«

Inès' Stimme drang an ihr Ohr und Tali wendete den Kopf. Sie betrachtete die feingeschwungenen vollen Lippen, während Inès eine Anekdote über den Schlosser Biscornet erzählte, der angeblich einen Pakt mit dem Teufel eingegangen war, um ... ja, um was eigentlich? Tali hatte Schwierigkeiten, Inès' Worten zu folgen. Bisher war ihr doch tatsächlich dieses süße winzige Muttermal auf Inès' Oberlippe entgangen.

»Tali, alles in Ordnung?« Inès sah sie aufmerksam an.

»Ja, klar.« *Hoffentlich denkt sie jetzt nicht, dass sie mich langweilt.*

Inès zog sie bereits an der Hand weiter. »Gut, denn die Nacht ist noch lang, es gibt einiges mehr zu sehen.«

Einige Zeit später liefen sie oberhalb der Seine entlang.

Inès hob den Arm und zeigte auf eine Brücke. »Komm, wir müssen da rüber.«

Tali folgte ihr und schüttelte den Kopf. »Ich weiß gar nicht, wie ich mich bei dir dafür revanchieren kann, dass du schon den ganzen Tag lang die Fremdenführerin für mich spielst.«

»Wer weiß, vielleicht stehe ich eines Tages in Berlin vor deiner Türe, dann werden wir sehen, ob ...«

Lautes Rattern ließ beide zusammenzucken. Gleichzeitig fuhren ihre Köpfe herum.

Ein Scooter, welcher augenscheinlich ein Rotlicht missachtet hatte, raste auf sie zu.

»Attention!« Mit einer schützenden Armbewegung drängte Inès Tali zurück.

Tali keuchte erschrocken auf und sprang blitzschnell zur Seite. Mit weichen Knien sah sie dem Scooter hinterher.

»Connard!«, schimpfte Inès ihm nach, fuchtelte wild mit den Armen in der Luft und blieb mitten auf der Straße stehen. »Alles in Ordnung?«

Tali atmete tief durch. »Denke schon.«

»Sein Glück.« Inès grummelte noch etwas Unverständliches vor sich hin, um gleich darauf mit weitausholenden Schritten weiterzueilen.

Ein *connard*, das war ein Vollidiot, soviel hatte Tali bereits an französischer Umgangssprache aufgeschnappt. Mit ein paar Schritten hatte sie Inès wieder eingeholt und musterte sie mit einem verstohlenen Seitenblick. *Wie süß sie aussieht, wenn sie die Lippen so wütend zusammenkneift.*

Inès' Tempo wurde wieder gemächlich, bis sie schließlich auf der anderen Seite der Brücke anhielt und sich über das Geländer beugte.

Tali tat es ihr nach und schmiegte die Schulter dabei etwas näher als nötig an Inès' Schulter an. Inès' Körperwärme schien durch Talis Mantel zu dringen und sich in ihrem ganzen Körper auszubreiten. Ihre Haut prickelte an dieser Stelle. Mit Inès die Stadt zu erforschen, machte Spaß. Aber Tali wollte mehr von Inès als nur ihr Wissen über Paris. Sie wünschte sich, Inès heute Nacht noch viel näher zu kommen.

Von ihrem Standort aus hatte man einen fantastischen

Blick über die Seine mit ihren Booten, welche vor den Kaimauern angeleint lagen und zwei weiteren Brücken, die in weiterer Ferne zu sehen waren. Dicht neben dem Wasser brauste der allabendliche Verkehr in einem Lichtermeer dahin. Zwischen dunklen schattenhaften Gebäuden erhob sich majestätisch der Eiffelturm. Mit seinem Leuchten und Glitzern stellte er das i-Tüpfelchen der romantischen Atmosphäre dar.

Sie liefen wieder ein paar Schritte und blieben dann ungefähr auf der Mitte der Brücke stehen. »Wir befinden uns hier auf dem Pont Neuf«, Inès hob den Arm und zeigte über das Wasser, welches sich im Mondschein spiegelte, »mit dem Inselstück der Île de la Cité.« Sie wendete den Kopf und lächelte Tali an. »Na, was sagst du? Habe ich dir zu viel versprochen?«

Tali ließ ihren Blick über die Brücke schweifen. Nein, Inès hatte nicht übertrieben. Das hier war sagenhaft. »Pont Neuf?« Sie legte den Kopf schief. »Das erinnert mich an diesen Film ...«

»Die Liebenden von Pont Neuf, meinst du?« Inès wackelte mit den Augenbrauen. »Man kann ihn hassen oder lieben, dazwischen scheint es nicht sehr viele Möglichkeiten zu geben.«

»Okay, die Handlung war ziemlich schräg. Dafür war Juliette Binoche als erblindende Malerin ziemlich überzeugend.«

Inès sah übers Wasser. »Mir hat vor allem die Grundaussage gefallen: Es sind Kleinigkeiten, die unser Leben wichtig machen.« Ihre Stimme war leise geworden, der Gesichtsausdruck nachdenklich. »So wie bei der Malerin im Film, die noch einmal einen Rembrandt sehen will, bevor sie endgültig das Augenlicht verliert.«

Tali studierte Inès' Gesicht. Immer wieder zeigte Inès ihr neue Züge an sich. Sie war so tiefgehend. Fast philosophisch. Keine von diesen oberflächlichen Schönheiten, die sich nur für ihr Aussehen interessierten und zu keinem Thema eine eigene Meinung hatten. Zusammengefasst: Inès war so ganz anders als alle Frauen, mit denen Tali jemals zusammen gewesen war.

Inès löste sich vom Geländer. Sie drehte sich zur Seite. »Komm, jetzt zeige ich dir die Insel. Leider ist die Chance, dort unten Juliette Binoche auf dem Lastkahn vorbeischippern zu sehen, gering, aber ich hoffe sehr, es gefällt dir trotzdem?«

Sie stiegen die steilen Treppen hinab und liefen ein Stück am Ufer entlang.

Wirklich weniger windig schien es hier unten nicht zu sein. Zumindest aber wesentlich geräuschärmer. *Ob Inès das mit dem windgeschützter nur gesagt hat, damit ich die Einladung nicht ablehne?*

Ab und an fegte eine kühle Böe über ihre Köpfe hinweg und wirbelte einzelne welke Blätter durch die Luft. Kurz schwappte an einer Stelle der Seine ein modriger Geruch in ihre Nase, die sie daraufhin rümpfte. Tali wollte nicht, dass Inès dachte, es gefalle ihr hier nicht. Denn das tat es auf jeden Fall. Es war ein wunderbar romantischer Ort. *Ob Inès ihn bewusst gewählt hat?* Ein Lächeln schlich sich auf Talis Gesicht.

Zu beiden Seiten des Seine-Ufers flanierten Touristen

und verliebte Paare. Junge Leute saßen überall in kleinen Grüppchen am Ufer. Sie trotzten dem Wind und kühlen Herbstwetter und veranstalteten auf dem Boden sitzend kleine Picknicks. Die Luft war schwanger von übermütig lauten Unterhaltungen und Lachen. Dieser Ort war lebendig. So lebendig, wie Tali sich schon lange nicht mehr gefühlt hatte.

Tali warf Inès einen Blick aus den Augenwinkeln zu. »Bei unserer ersten Begegnung am Montmartre und später im Café ... was hat dich da eigentlich so sicher gemacht, dass ich auch lesbisch bin?«

Inès zuckte mit den Schultern. »Es war nicht schwer zu erraten.«

Tali hob die Augenbrauen. Sie hatte sich nie für eine dieser typischen Lesben gehalten, denen man das sofort an der Nasenspitze ansah. »Ich hatte weder ein kariertes Hemd an, noch habe ich den typischen Kurzhaarschnitt. Woran hast du es also gemerkt?«

Inès blieb stehen und sah Tali in die Augen. »Da war von Anfang an so ein Funkeln in deinen Augen, wenn du mich angesehen hast.«

Funkeln in den Augen? »Ach, wirklich?«

»Ja. Die Art Blicke, die Männer Frauen zuwerfen, wenn sie mit ihnen flirten wollen.« Inès gluckste. »Na ja, oder auch mehr.«

Tali hielt die Luft an. Das war nicht unbedingt die Antwort, die sie erwartet hatte. *Andererseits... komisch.* Talis Ex-Freundin, eine Hetero-Frau, die vor ihr noch keinerlei lesbische Erfahrungen besaß, hatte ihr bei ihrem Kennenlernen etwas Ähnliches gesagt.

Sie liefen ein paar Meter weiter, an der *Vedette* vorbei,

einem am Inselkai angeleinten Touristenboot.

Tali hob den Fuß und trat über einen gusseisernen Ankerring. »Du glaubst also, ich ... stehe auf dich?« Normalerweise war Tali niemals so direkt. Doch das hier war Paris und sie weit weg von ihren sonstigen Gepflogenheiten. Gerne hätte sie Inès langsam kennengelernt. Leider blieb ihr nicht die Zeit dazu. Wenn Inès Interesse an ihr hatte, musste sie sich entscheiden: Jetzt oder Nie. Heute oder Morgen. Aber nicht heute oder in ein paar Wochen.

Als Tali aufsah, bemerkte sie, dass sie einmal das Inselstück umrundet und dass Inès' Wangen sich gerötet hatten.

Inès betrachtete intensiv ihre roten Pumps. »Naja, also, ich hoffe, das ist gegenseitig.«

Hat sie das wirklich gesagt? Das Adrenalin spielte verrückt in Talis Körper. Als Inès wieder zu ihr aufsah, lächelte Tali sie schelmisch an. »Ja. Im Idealfall gehören immer zwei dazu.«

Sie blieben am Ufer stehen und blickten über das Wasser.

Inès drehte sich zur Seite.

Tali folgte ihrem Beispiel.

Inès zog Tali langsam zu sich heran und streichelte sanft über ihre Oberarme. Mit einer zärtlichen Geste nahm Inès eine von Talis Locken zwischen zwei Finger und zwirbelte sie. »Tali? Woher kommt dieser Name? Hört sich irgendwie orientalisch an.«

Inès' Berührungen lösten einen wohligen Schauer auf Talis Rücken aus. »Geht in die richtige Richtung«, krächzte sie und räusperte sich ein paar Mal, um ihre heisere Stimme wieder unter Kontrolle zu bringen.

Inès blinzelte. »Du hast also orientalische Wurzeln?«

»Meine Mutter ist Halbinderin mit persischen Vorfahren. Mein Vater ist ein waschechter Berliner.« Tali war erleichtert, dass sie sich schon wieder so normal anhörte. Dafür stand ihr Oberkörper in Flammen. Auf jedem Zentimeter, den Inès berührt hatte, brannte ihre Haut. »Benannt wurde ich nach einer Figur aus einem punjabischen Märchen, das meine Mutter meinem älteren Bruder in deutscher Übersetzung immer wieder vorlesen musste, weil er es so geliebt hat.«

»Das ist schön. Solche Geschichten über Namensfindungen sind immer ganz privat und besonders, nicht wahr?« Inès drückte sich mit ihrer rechten Schulter gegen Tali. Ihr Gesicht kam näher und ließ ein ganzes Heer von Gefühlssensoren in Talis Körper auf Hochtouren arbeiten.

Inès Nasenspitze berührte ihre. Tali konnte ihren Atem auf ihrer Haut spüren. Es kitzelte und Tali hatte Mühe, nicht reflexartig zurückzutreten.

Inès streichelte Tali mit der Leichtigkeit einer Feder über die Wange. »Darf ich dich küssen?«

»Ja.« *Gott, ich will diese Frau.*

Inès wich ein kleines Stück zurück. Mit der Fingerkuppe fuhr sie Talis Lippen entlang.

Tali wanderte der Spur ihres Fingers mit kleinen Küssen nach. Sie hielt die Augenlider geschlossen. *Küss mich endlich.* In ihrem ganzen Körper kribbelte es. *Ja!* Da ... endlich kam Inès wieder näher.

Inès' Lippen waren herrlich weich. Ein leises Stöhnen entfuhr Tali. Sie wünschte sich, dieser Kuss möge niemals enden.

Irgendwann löste Inès sich von Tali. Mit geschlossenen Augen legte sie den Kopf ein wenig in den Nacken und murmelte: »Das war wunderschön.«

»Ich bin so froh, dich kennengelernt zu haben«, flüsterte Tali. Sie legte Inès die Arme um die Schultern und beugte sich ein Stück zu ihr vor. Sanft knabberte sie an Inès' Ohrläppchen und benetzte ihre Halsbeuge mit Küssen.

Um sie herum war lediglich das Wasser zu hören, das an die Brückenpfähle schwappte. Von irgendwo, aus weiter Entfernung, drang das Tuten eines Schiffshorns bis zu ihnen auf das begrünte Inselstück mitten auf der Seine.

»Wo wohnst du eigentlich während deines Aufenthalts?« Inès musterte Tali mit einem sanften Lächeln auf den Lippen.

»In Courbevoie. In der Nähe des Büroviertels La Défense, wo auch die Schulung stattfindet.«

Inès zog eine Grimasse. »Ziemlich weit draußen, nicht?«

»Wie man es nimmt.« Tali zuckte die Schultern. »Und du? Wohnst du direkt in Paris?«

»Ja.« Sie nickte. »Direkt in Paris. Nahe Place d'Italie.«

Mit großen Augen sah Tali ihr entgegen. »Wo?«

Inès winkte ab. Ihr helles Lachen erklang. »Peu importe.« *Nicht so wichtig.*

Die beiden Frauen schwiegen für einen Moment.

Inès malte mit der Schuhspitze unsichtbare Kreise. »Du bist nur ein paar Tage hier und verlässt Paris bald wieder, oder?«

»Ja, das stimmt.« Tali nickte. »In ein paar Tagen muss

ich schon wieder nach Berlin.«

»Ich würde dich gerne noch ein wenig besser kennenlernen, bevor du abfährst.« Inès' Worte waren ein leises Murmeln. Sie machte eine kurze Pause, bevor sie den Blick wieder hob und Tali tief in die Augen sah.

Tali tauchte ein in ihre Augen. Das Bild von Inès' Gesicht mit dem milchfarbenen Teint verschwamm fast vor ihren Augen. »Ich dich auch, Inès.« Fast flüsterte sie die Worte.

Nach einem kurzen Moment fragte Inès leise: »Jetzt?«

»Wie?«

»Unser Kennenlernen«, sagte Inès. Um ihre Mundwinkel zuckte es. »Wir könnten unser Kennenlernen vertiefen und zu mir gehen.«

Tali schluckte ein paar Mal. Ihre Knie wurden weich. *Du hast so etwas noch nie gemacht. Bis jetzt warst du nie der Typ für One-Night-Stands. Willst du das wirklich?* Nach zweimal tief Luftholen fand Tali den Mut zu antworten. »Gut. Jetzt gleich.«

Misstrauisch beäugte Tali den altersschwach aussehenden Lift aus dem vorigen Jahrhundert, welcher sie in den fünften Stock befördern sollte. »Bist du sicher, dass die Seile nicht unterwegs reißen werden?«

Inès zeigte ihre Grübchen beim Lachen. Sie legte ihre Hand auf den vergoldeten Griff und zog die verschnörkelte Fahrstuhltüre auf. Gleich darauf stand sie in der Kabine und winkte Tali. »Komm schon, bis jetzt ist hier noch nie jemand abgestürzt.«

Im Lift hielten sie sich engumschlungen, pressten ihre Körper aneinander.

Mit den Händen griff Tali unter Inès' roten Trenchcoat und erforschte ihre Konturen. Sanft streichelte sie über ihren Rücken und umfasste ihre Hüften. Tali schnupperte, als ihr ein Hauch von *Miss Dior* in die Nase stieg. Sie flüsterte gegen Inès' Lippen: »Dein Parfüm. Absolut verführerisch«, während ihre Hände weiter nach innen wanderten und sie zwei Finger sanft in den Bund von Inès' Röhrenjeans schob.

Inès schob ihre Hand sanft weg. »Nicht«, keuchte Inès. Ihr Atem ging stoßweise.

»Was ist denn los?«, fragte Tali leise und hielt inne.

Inès nuschelte etwas, das wohl so viel wie: »Geht mir zu schnell« bedeuten sollte und drehte den Kopf zur Seite.

Tali löste sich ein Stück von ihr, ließ die Arme sinken und versteckte sie in der Manteltasche. Sie hat mich doch selbst eingeladen, mit ihr nach Hause zu kommen? Hat sie es sich jetzt anders überlegt?

Im Flur von Inès' Wohnung trafen sie auf einen blassen Jüngling mit Strubbelfrisur.

»Philippe, ich möchte dich Tali, einer ...« Inès stockte und schien nach Worten zu suchen, während ihre Wangen die Farbe einer reifen Tomate annahmen. »... einer Bekannten von mir vorstellen.«

Philippe reichte Tali die Hand und dann wurde sie auch Isabelle, der anderen Mitbewohnerin, vorgestellt, die unvermittelt hinter ihm aufgetaucht war.

Nachdem sie ein paar höfliche Floskeln ausgetauscht hatten, zog Inès Tali schnell an der Hand weiter in ihr Zimmer.

Ist es ihr peinlich, mich hierherzubringen? Oder ist sie nur schüchtern und behält ihr Privatleben lieber für sich? Ein anderer Gedanke schlich sich in Talis Kopf. Oder hat sie ihr Coming-Out vielleicht noch gar nicht hinter sich? Tali legte Inès sanft die Hand auf die Schulter. Dann ließ sie den Blick durch Inès' Zimmer schweifen. Blaue Wände. Blaue Bettwäsche. Sogar die Duftkerzen, deren Geruch nach Meeresbrise ihr augenblicklich in die Nase stieg, passten farblich dazu. »Lass mich raten, deine Lieblingsfarbe ist Blau?«

»Woher weißt du das?« Inès legte den Kopf schief und ließ sich auf das Bett mit dem Wolkenbettbezug plumpsen. »Komm«, sagte sie und zog Tali zu sich auf die Matratze. »Nur weil wir uns geküsst haben, heißt das nicht, dass wir uns bereits genug kennengelernt haben, oder was meinst du?«

Tali zog eine Augenbraue hoch. Inès' Gefühlsstimmungen waren enorm wechselhaft. Vorhin war sie noch so ablehnend, jetzt flirtete sie wieder mit ihr. Sollte einer aus ihr schlau werden. *Frauen.*

Für eine Weile lagen sie stumm auf dem Bett. Es war mindestens ein Meter Abstand zwischen ihnen. Tali wusste nicht genau, wie sie sich verhalten sollte. Was wollte Inès? Und was nicht? Tali entschied sich, Inès den nächsten Schritt zu überlassen.

Beide starrten sie in den von Inès an die Decke geklebten Sternenhimmel. Neongelbe Sterne und ein Halbmond.

Sie hat eine echt kindliche Ader. Fehlen nur noch die

Stofftiere auf dem Bett.

Inès setzte sich auf und musterte Tali intensiv. »Wenn du ein Tier wärst, was wärst du dann am liebsten?«

Himmel. Wie kommt sie denn jetzt darauf? »Äh, welches Tier? Also … ich denke, ich wäre … ein Delphin im weiten Ozean.«

Inès schaute sie verblüfft an. »Ein Delphin?«

Tali setzte sich ebenfalls auf und runzelte die Stirn. »Was ist schlecht an einem Delphin?«

»Gar nichts.« Inès grinste. »Außer, dass ich auch gern einer wäre.«

Beide lachten.

»Dann wären wir also zwei einsame Delphine im Ozean, die sich zufällig treffen und …« Tali verstummte. Denn fast wäre ihr herausgerutscht: *Ein paar intensive Tage miteinander verbringen.* Wie im Märchen. Doch dies war die Realität. Und in der verhielt Inès sich gerade so, dass Tali sich nicht sicher war, wie ihre Zeit weitergehen würde.

»… und, die was miteinander tun?«, fragte Inès.

»Sag du es mir.« Talis Stimme war leise geworden.

»Zwei Delphine, die sich gegenseitig schöne Stunden bescheren?«

Ist es das, was du willst? Tali schluckte ein paar Mal. Dann versuchte sie ein Lächeln. »Schöne Stunden klingt gut.«

Wieder kehrte Schweigen zwischen ihnen ein. Draußen vom Flur waren die Stimmen von Inès' Mitbewohnern zu hören.

Nach einer Weile sagte Tali: »Wenn du einen Lebenstraum verwirklichen könntest, was würdest du tun?«

»Mmh, das wäre dann wohl meine Memoiren zu veröffentlichen.«

»Das meinst du nicht ernst?«

»Nein.« Inès schüttelte den Kopf. »Nicht wirklich.«

Talis Blick sprang zwischen Sternenhimmel und Wolkenbettbezug hin und her. Dann sah sie Inès an. *Jetzt oder nie.* »Weißt du, was mein Lebenstraum ist?«

»Nein.« Inès sah Tali mit großen Augen an. »Verrätst du es mir?«

»Mit einer wunderschönen Frau wie dir zu schlafen.«

Inès schluckte heftig. »Meinst du das ernst?«

Tali nickte und zog Inès an den Schultern zu sich heran.

Inès versteifte sich unter ihren Händen.

Da war sie wieder. Die Distanz, die Inès wie aus dem Nichts aufbaute. *Sie scheint nicht wirklich zu wissen, was sie will. Aber weiß ich es denn selber?* Behutsam löste Tali sich von Inès und setzte sich wieder auf. Sie rutschte an die Wand, lehnte ihren Rücken dort an und zog die Knie an den Oberkörper. »Inès, wenn du ... nicht bereit dafür bist, dann müssen wir nicht ... ich dachte nur, du hast mich in deine Wohnung eingeladen und ...« Tali verstummte und studierte ihre Hände, die auf ihren Knien lagen.

»Nein, ich will es ...,« Inès kaute auf ihrer Unterlippe. »Wirklich, glaub mir, ich will es ...«

»Lass es uns langsam angehen. Ohne Druck. Wenn es dazu kommt, ist es okay, wenn nicht, dann belassen wir es dabei und ich nehme eine wunderschöne Erinnerung an dich mit nach Berlin.«

Inès' Gesicht näherte sich. »Ich möchte eine *unvergessliche* Erinnerung für dich sein.« Sie fasste Tali an den Schultern und drückte sie tiefer in die Matratze. Dann beugte sie sich zu ihr und begann, auf ihrem Hals und Dekolleté sanfte Küsse zu verteilen.

Tali hielt die Augen geschlossen und versuchte, sich zu entspannen. Doch so recht wollte es ihr nicht gelingen. Irgendetwas war falsch. Wenn Tali auch nicht benennen konnte, was es genau war.

Inès' Hände erforschten ihren Körper, streichelten ihr über die Brüste und wanderten dann langsam weiter nach unten, zwischen ihre Beine. Ein leises Stöhnen entfuhr Tali, als sie Inès' Finger an ihrem Schambereich spürte. *Alles ist okay. Entspann dich.*

»Das solltest du vielleicht ausziehen«, raunte Inès an ihrem Ohr. Die Erregung in ihrer Stimme war nicht zu überhören. Mit geschickten Händen öffnete sie die Knöpfe von Talis Bluse und befreite sie von dem Oberteil.

Langsam ließ Tali sich fallen und gab sich den Berührungen hin, half Inès ein wenig, als diese ihre Jeans nicht gleich abstreifen konnte. Gleich darauf lag Tali nur noch in Boxer Panties und BH vor Inès. Wie sehr wünschte sie sich, sich heute morgen nicht für die eher schlichte, schwarze Unterwäsche entschieden zu haben. Zumindest der BH aber hatte einen kleinen Spitzenbesatz.

Tali sah, wie Inès' Kiefer mahlte.

Inès hielt in der Berührung inne. »Du bist so schön«, murmelte sie leise, mehr wie zu sich selbst.

Tali betrachtete Inès eindringlich. Irgendetwas schien in ihr vorzugehen. Tali konnte sich nicht vorstellen, dass es wirklich die Schönheit ihres Körpers war, der all dies in Inès auslöste.

»Ich muss mal für kleine Mädchen, komme gleich

wieder.« Inès löste sich von Tali und sprang vom Bett auf. Mit ein paar Schritten war sie an der Tür, öffnete sie, trat hinaus und schloss sie leise hinter sich.

Perplex starrte Tali ihr nach. *Was ist denn jetzt schon wieder los?* Langsam hatte sie dieses Hin und Her satt. Sie setzte sich wieder auf und ließ den Blick über die Bücherregale im Zimmer gleiten. Belletristik. Jede Menge dicker Wälzer. Fotobände. Kunstbücher. Dazwischen ein Bild. Tali beugte sich nach vorne, um einen besseren Blick darauf zu erhaschen. Abgebildet waren Inès und eine andere Frau in engumschlungener und glücklich wirkender Pose. Noch etwas näher betrachtet sah Tali das Datum, das unten eingraviert auf dem Bild erkennbar war. Talis Herz machte einen Satz und ihre Hände begannen zu zittern. Das Foto war zwei Wochen alt. Neben dem Bilderrahmen lag ein kleines Album, in einen blumengemusterten Plastikeinband eingebunden. Hastig schlug Tali die erste Seite auf und las: Océane und ich, unser London-Trip, auf der Tower Bridge. Das Bild in London, welches Océane mit den Lippen an Inès' Lippen zeigte, datierte von diesem Sommer.

Wer ist Océane? Inès' Freundin? Als Tali Schritte auf dem Flur hörte, nahm sie schnell ihre vorherige Position ein. Zur Seite liegend, den einen Ellbogen angewinkelt. *Es kann dir egal sein, wer dort abgebildet ist. Inès ist nur ein One-Night-Stand, mehr nicht. Übermorgen bist du schon wieder tausend Kilometer entfernt von ihr.*

»Entschuldige, es war dringend.« Inès lächelte sie vom Türrahmen aus an und war mit ein paar Schritten wieder bei ihr. Inès kletterte ins Bett. Ihre Hände legten sich Tali auf die Schultern. Inès beugte sich zu ihr hinab und gab ihr einen Kuss auf den Mund. »Wo waren wir stehengeblieben?«

Tali schenkte Inès ein Lächeln und löste sich dann von ihr. Nachdem Tali sich aufgesetzt hatte, drückte sie Inès sanft auf die Matratze. Sie beugte sich zu ihr hinab und bedeckte Inès' Gesicht und Hals mit zart gehauchten Küssen. »Ich glaube, hier«, flüsterte sie. »Hier waren wir stehengeblieben.«

Inès schloss die Augen. »Hmh, glaube auch.«

Nach einer Weile rollte Tali sich neben Inès und ließ ihre Hände Inès' Körper erforschen. Tali strich in kreisenden Bewegungen über ihren Bauch. Dann wanderte ihre Hand unter Inès' Bluse und schob sie langsam nach oben. »Willst du dich nicht auch ausziehen?«, raunte sie.

Inès legte ihre Finger über Talis Hand und stoppte ihre Bewegung. »Nicht, bitte, ich kann das nicht. Es tut mir leid, aber ich ... ich kann momentan nicht mit dir schlafen.«

Wie? Momentan nicht? Was ist denn jetzt? Abrupt setzte Tali sich auf. »Es ist wegen deiner Freundin, nicht wahr?« Tali presste die Lippen zusammen. »Du hast eine Partnerin und willst sie betrügen, aber du schaffst es nicht, weil dein Gewissen sich meldet.« Mit der Faust schlug sie auf die Bettdecke. »Schade, dass du dir das nicht früher überlegen konntest.«

Inès starrte sie mit runden Augen an. »Wie? Meine was?«

Mit einem Satz sprang Tali vom Bett auf. Sie schnappte sich ihre Bluse, zog sie sich an, aber knöpfte sie nicht ganz zu. Dann schlüpfte Tali in Windeseile in ihre Jeans und stolperte dabei fast über ihre eigenen Füße. In die

Ballerinas glitt Tali im Laufen.

Inès schüttelte den Kopf. »Wovon redest du, Tali?«

Mit dem Mantel über dem Arm stürmte Tali zur Tür. Ihre Hand lag auf dem Türgriff. Sie öffnete die Tür einen Spalt. »Jetzt tu nicht so«, schnaubte Tali. »Du weißt genau, wovon ich spreche.«

»Nein, das weiß ich nicht.« Inès' Augen waren unnatürlich geweitet. »Vielleicht hätte ich nicht ..., aber...« Inès verharrte in regloser Position und machte ein entgeistertes Gesicht.

Wut kochte in Tali hoch. Wut, Enttäuschung und auch ein wenig Scham über diese Abfuhr, die sich hätte vermeiden lassen. »Adieu, Inès.« Mit einem energischen Ruck öffnete Tali die Tür, trat hinaus und ließ sie mit einem lauten Krachen hinter sich zufallen. Im Flur rannte Tali beinahe Philippe über den Haufen, der sie erstaunt musterte, und stürmte tränenblind aus der Wohnung.

»Au revoir.« Tali schüttelte die Hand eines ihrer Schulungsteilnehmer.

Die zumeist männlichen Teilnehmer waren bekleidet in Anzug und schicken glänzenden Schuhen. Ein paar Frauen in edlen Kostümen befanden sich vereinzelt darunter, die Tali mit argwöhnischen Blicken bedachten und ihr dann mit honigsüßem Lächeln die Hand reichten.

In diesem französischen Büro sahen sich Frauen, wie Tali schon mitbekommen hatte, anscheinend als scharfe Konkurrentinnen an.

Julie Legrand, die Superviseurin, winkte ihre kleine

brünette Assistentin mit Brille heran. »Virginie, vielen Dank für deine Unterstützung während der Schulung. Ich muss gleich in den nächsten Termin. Kannst du bitte die Unterlagen zurück ins Büro bringen?«

Virginie machte sich sofort daran, die Schulungsunterlagen einzusammeln und etwas Ordnung zu schaffen.

Tali lächelte ihr aufmunternd zu und packte ihre Unterlagen zusammen. Sie verstaute sie in ihrer Aktentasche und schaltete dann den Beamer aus. Das war es also. Die Schulung und damit auch ihre Zeit in Paris war vorbei.

Mit ein paar Schritten war Julie bei ihr und legte ihr vertraulich die Hand auf die Schulter. »Benötigen Sie noch meine Hilfe?«

Ein wenig zu vertraulich für meinen Geschmack. Tali zwang ein Lächeln auf ihr Gesicht. »Nein, ich komme zurecht.«

»Ich habe Ihnen einen Kakao mitgebracht.« Julie hielt ihr den dampfenden Plastikbecher hin.

»Danke.« Tali nahm den Becher entgegen und trank einen kleinen Schluck daraus. Tatsächlich hatte sie gerade daran gedacht, sich im Pausenraum noch einen Kakao vom Automaten zu genehmigen, bevor sie das Büro endgültig verließ.

»So wie Sie ihn mögen. Ganz ohne Zucker.«

Tali nickte ihr zu und deutete ein Lächeln an. Die Art und Weise, wie Julie ihr seit Seminarbeginn schön tat und sich bei ihr anzubiedern versuchte, verschaffte ihr lediglich Minuspunkte. Sie war und blieb einfach nicht Talis Typ. Ohne dass Tali es verhindern konnte, tauchte das Bild von

Inès vor ihrem geistigen Auge auf. Inès, wie sie Tali mit ihrem verschmitzten Lächeln in Nullkommanichts den Kopf verdreht hatte. Mit Inès, das war speziell gewesen. *Nein. Einzigartig.* Tali schluckte ein paar Mal fest und straffte dann die Schultern. *Du musst sie vergessen.*

»Fahren Sie schon heute zurück?«, säuselte Julie und schüttelte ihre braunen Locken dabei. Sie klimperte ein paar Mal mit den Augen. Wie in einem schlechten Film.

Tali schüttelte innerlich den Kopf. *Was soll das jetzt hier werden?* »Nein, morgen erst.«

»Ich dachte, ... nun ich dachte, vielleicht ... kann ich Sie vorher noch zum Essen einladen?«

Tali starrte auf Julies kirschrot geschminkte Lippen. *Sie begreift es einfach nicht.* »Tut mir leid, aber ich bin schon verabredet.«

»Oh.« Der kirschrote Mund verzog sich zu einem Schmollen.

Mit gespieltem Bedauern sagte Tali: »Tut mir wirklich leid.«

»Dann bleibt mir wohl nichts anderes, als mich von Ihnen zu verabschieden.« Julie hob fast unmerklich die Mundwinkel nach oben und reichte ihr ein wenig steif die Hand. Die Berührung dauerte länger als nötig.

Tali zog ihre Hand zurück. Sie nahm einen letzten Schluck aus dem Kakaobecher und beförderte ihn anschließend mit einem gezielten Wurf in den Abfalleimer. Dann schnappte sie sich ihre lederne Aktentasche und verließ den Raum. Julies taxierende Blicke konnte sie regelrecht in ihrem Rücken spüren. *Uff. Wenigstens dieses Problem bin ich los.*

Der Niederlassungsleiter Monsieur Dubois kam

persönlich, um sie nach draußen zu geleiten. »Vielen Dank, dass Sie bei uns sein konnten. Ich denke, die Mitarbeiter haben von Ihrem analytischen Wissen durchaus profitieren können.«

»Auch ich habe von meinem Aufenthalt hier viel mitgenommen.«

Sie schüttelten einander die Hände.

»Kommen Sie gut zurück nach Deutschland.«

»Danke. Es hat mich sehr gefreut, bei Ihnen sein zu dürfen. Au revoir.«

Tali hängte sich ihre Aktentasche um die Schulter und trat aus dem Büro der Firma Lucas & Mohr Consulting heraus. Der Lift beförderte sie aus der dreiundzwanzigsten Etage nach unten. Sie durchquerte die Eingangshalle mit den riesigen blickdichten Fensterfassaden, der langgezogenen, steril wirkenden Rezeption und dem edlen Marmorboden. Draußen straffte Tali erneut die Schultern und bahnte sich dann ihren Weg zwischen den Angestellten, die sich für eine Rauchpause vor dem Eingang versammelt hatten.

Zwischen futuristisch anmutenden Bürotürmen, die rechts und links wie Riesen am Weg standen, kam sich Tali klein und verloren vor. Sie schritt mit eiligen Schritten voran. Ihr kleines Hotel lag einige Gehminuten entfernt. Bis jetzt hatte sie ihre Gefühle gut im Griff gehabt und sich nichts anmerken lassen, doch in Wahrheit verspürte sie immer wieder einen Kloß im Hals, den sie tapfer hinunterschluckte. Sollte sie Paris wirklich verlassen, ohne noch einmal mit Inès gesprochen zu haben?

Tali stand vor dem Fenster und sah auf die belebte Geschäftsstraße mit den vielen winzigen Läden hinaus, die alle auf irgendetwas spezialisiert waren. Fromagerie für Käseprodukte, Chocolaterie, wie es der Name schon verriet, für edle Schokoladenkreationen, Pâtisserie für vollendet verzierte Törtchen und Kuchen, mit Namen wie *Millefeuille* oder *Religieuse.* Alle besonders und verführerisch. Aber Tali hatte keinen Appetit.

Sie ließ den Vorhang zufallen, trat einen Schritt vom Fenster zurück und verbarg für einen Augenblick das Gesicht in den Händen.

Sie lief ein paar Schritte in den Flur und starrte auf die beiden bereits fertig gepackten Reisetaschen. Tausend Fragen rasten in ihrem Kopf umher. Bevor sie morgen abreiste, brauchte sie Antworten. Sonst würde sie zurück in Berlin niemals Ruhe finden können. Warum hatte Inès ihr nicht gleich die Wahrheit gesagt? Warum Versprechungen gemacht und es sich dann anders überlegt? Warum eine Singlefrau gespielt, wenn sie doch bereits in festen Händen war?

»Gut, es stimmt, ich habe sie nach einem Freund gefragt. Nicht nach einer Freundin«, sagte Tali zu den beiden blauen Taschen vor sich. Trotzdem hätte Inès mit offenen Karten spielen können. *Hatte sie überhaupt Gefühle für mich?* Wenn Tali ganz ehrlich zu sich war, war Inès zu keinem Zeitpunkt nur ein One-Night-Stand für sie gewesen. Sie war viel mehr als das. Wenn Tali in Paris bleiben könnte, würde sie sich auf jeden Fall wünschen, sie näher kennenzulernen. Nachdem Tali eine Nacht darüber geschlafen hatte und ihre Wut verraucht war, spürte sie erneut den Wunsch in sich, Inès noch einmal wiederzusehen. Wenigstens von ihr verabschieden wollte sich Tali. Ein paar Worte mit ihr tauschen. Konnte Inès ihr das sonderbare Verhalten nicht vielleicht doch irgendwie erklären?

Tali griff nach ihrem Mantel in der Garderobe und stürmte aus dem Zimmer. Hastig verließ sie das kleine Hotel und lief mit fliegenden Schritten zum Bahnhof La Défense. Sie kannte Inès' Adresse und würde sie einfach aufsuchen. Schließlich hatte sie ihre Schuhe bei Inès vergessen und die wollte sie ganz gerne wiederhaben. Die roten Stiefeletten, die sie zusammen am Flohmarkt erstanden hatten. In ihrer Wut hatte Tali die Schuhtüte in Inès' Zimmer vergessen.

An der Station Châtelet trappelte Tali über das Laufband bis zum anderen Ende, stieg Treppen hinauf und fand sich auf einem Bahnsteig wieder. Als die Métro 7 einfuhr, folgte Tali den anderen Fahrgästen ins Abteil, fragte vorsichtshalber bei einer Frau nach der Fahrtrichtung und ließ sich erleichtert in einen freien Sitz sinken.

Jede Métro in Paris schien ihren eigenen Geruch zu haben. Hier roch es nach einer Mischung aus Gummi, muffiger Wäsche und Bonbons. Aus dem Augenwinkel heraus beobachtete Tali eine junge Araberin, die sich gestenreich auf Französisch mit jemandem am Handy stritt, während deren asiatisch aussehende Sitznachbarin mit riesigen rosa Kopfhörern auf den Ohren im Takt wippte. Die übrigen Fahrgäste tippten auf ihren Handys herum oder lasen Zeitung. Ein Musiker spielte auf seinem

Akkordeon und lief anschließend mit seinem Becher herum. Tali kramte in ihrer Manteltasche und ließ anstandshalber eine Münze hineinfallen. Dann vertiefte sie sich wieder in ihren Métroplan. Sie hielten gerade an *Jussieu*. Nur noch sechs Stationen bis *Maison Blanche*.

In der 20 Rue du Docteur Lucas Championnière stand Tali vor Inès' Haus mit der Ziegelsteinfassade und den wie angeklebt wirkenden weißen Balkonfronten.

Talis Hals schnürte sich zusammen. Sie schluckte fest, straffte die Schultern und zwang sich zum Weitergehen.

Eine hagere Frau, bekleidet in grün-geblümter Kittelschürze und hinten zusammengebundenem Kopftuch, trat gerade aus dem Eingang heraus. Misstrauisch beäugte sie Tali durch die dicken Gläser ihrer Brille und fegte dann weiter mit dem Besen den Eingangsbereich.

Tali grüßte und schob sich hastig an der Concierge vorbei, bevor diese noch anfing, unbequeme Fragen zu stellen. Im Treppenhaus stieg Tali der nun schon bekannte Geruch von Bohnerwachs und altem Holz in die Nase. Entgegen ihrem Schwur, nie wieder den Lift zu betreten, nahm sie den antiquierten Fahrstuhl in den fünften Stock. Mit wackligen Puddingbeinen konnte Tali unmöglich all diese Stufen hinaufklettern.

Ruckelnd und ächzend bewegte der Aufzug sich nach oben.

Tali blickte ängstlich um sich und kämpfte gegen das Gefühl von Platzangst in der winzigen Fahrstuhlkabine an. Dieses Mal war sie nicht von Inès abgelenkt und ihrer

Angst alleine ausgeliefert. *Puh. Echt lebensgefährlich, diese uralten Dinger. Hoffentlich reißt nicht wirklich gleich das Seil.*

Vor der Wohnungstür angelangt, verließ Tali der Mut. Eine Weile schlich sie vor der dunkelgrünen Wohnungstür herum. Jeder ihrer Schritte ließ den Holzboden laut knarzen. Sollte sie oder sollte sie nicht. Was würde sie Inès sagen? Tali hielt sich die Hand auf den Magen und atmete zweimal tief ein und aus. Dann drückte sie die Klingel. Inès begann ihre Schicht als Kellnerin erst am Nachmittag und sollte um diese Uhrzeit zu Hause sein.

Die Tür wurde von innen geöffnet. Ein verschlafener Wuschelkopf erschien im Türrahmen. Eine weibliche Stimme fragte: »Oui?«

Tali blieb fast das Herz stehen. *Die Frau vom Foto.* »Äh, ... ich ... möchte zu Inès?«

»Entrez.« *Kommen Sie herein.*

Tali vergrub die Hände in den Jeans. Ihre Wangen brannten. Ihr wurde heiß und gleichzeitig hatte sie das seltsame Gefühl, dass ihre Beine jeden Moment unter ihr nachgeben würden. »Ähm, ich nehme an, Sie sind Océane?« Sie räusperte sich. »Ich hoffe, ich störe nicht?«

Océane fuhr sich durch den Wuschelkopf und streckte Tali dann die Hand entgegen. Sie musterte Tali kurz erstaunt. »Ja, ich bin Océane. Kennen wir uns?«

Tali sah sie mit zusammengekniffenen Augen an. *Es war ein Fehler zu kommen. Ein Riesenfehler.* Am besten sie drehte sich einfach um und ging. *Genau. Und zwar jetzt gleich.* Dummerweise schienen ihre Füße in einem Eimer Beton festzustecken. Tali schluckte kräftig. »Nun, eigentlich nicht. Ich bin Tali, eine Freundin von Inès und habe Sie «, Talis Blicke glitten verstohlen an Océanes langem Männerhemd hinunter, »auf einem Foto mit ihr zusammen gesehen.« Unter dem Hemd trug Océane augenscheinlich ... nichts. Tali biss sich auf die Unterlippe, bis sie Blut schmeckte. »Wohnen Sie auch hier?«

Océane sah Tali mit einem seltsamen Blick an. »Ja, ich wohne auch hier in der Wohngemeinschaft.«

Sie ist Inès' Mitbewohnerin. Tali atmete einmal scharf aus. Ist sie dann auch wirklich ihre Partnerin? Aber welchen triftigen Grund sollte es sonst für das seltsame Verhalten von Inès geben? Immerhin haben sich beide auf einem der Fotos geküsst. Tali ließ den Blick einmal durch den Hausflur schweifen. »Wo ist Inès? Ist sie nicht da?«

Océane zuckte die Schultern. »Doch, doch. Sie kommt gleich wieder. Wollte nur Baguette und Croissants holen gehen für das verspätete Frühstück.«

Stumm nickte Tali. Ihr war schlecht. Ein gemeinsames Frühstück. Nach einer gemeinsamen Nacht. Das war mehr, als sie wissen wollte.

»Kommen Sie. Sie können auf Inès in ihrem Zimmer warten.«

»Äh, ich weiß nicht, ob das so eine gute ...«

Océane schlängelte sich bereits an Tali vorbei und tapste auf nackten Füßen durch den Flur. Der Holzboden knarzte unter jedem ihrer Schritte.

Tali folgte mit den Augen der schlanken Gestalt mit den langen Beinen, die unter dem Männerhemd hervorlugten. Océane war definitiv eine sehr attraktive Frau. *Das ist also die Partnerin von Inès?* Im Herzen fühlte Tali einen Stich von Eifersucht. Océane war noch hübscher als auf dem Foto.

»Nehmen Sie doch bitte Platz.« Océane deutete auf das Bett in Inès' Zimmer.

Tali sah sich um. Nichts hatte sich seit gestern verändert. *Und doch so viel.* Der Geruch von Meeresbrise stieg Tali erneut in die Nase und rief für einen Moment glückliche sowie schlechte Erinnerungen hervor.

»Möchten Sie einen Kaffee? Tee?«

Kaffee? Mir ist schon schlecht genug. Tali schüttelte den Kopf. »Nein, danke. Weder noch. Aber wenn Sie einen Orangensaft haben?«

»Den habe ich auch.« Océane nickte lächelnd und huschte aus dem Raum.

Tali starrte auf Inès' Bücherregale und fragte sich erneut, was sie hier eigentlich tat. Wollte sie Inès konfrontieren? Ihr eine Szene machen? Ziemlich lächerlich. Das Beste war wirklich, zu gehen. Doch Tali saß wie festgeklebt auf dem Bett fest. Ein anderer Gedanke geisterte durch ihren Kopf. Océane hatte von Inès' Zimmer gesprochen, nicht von ihrem gemeinsamen Zimmer. Hatte Océane schon vorher hier gewohnt und jede von ihnen hatte, nachdem sie ein Paar wurden, ihr eigenes Zimmer behalten? Tali rieb sich die Schläfen. Hinter ihrer Stirn pochte es dumpf. Vor lauter Denken bekam sie langsam aber sicher Kopfschmerzen.

Océane kam wieder und stellte ein Glas Orangensaft vor Tali ab.

»Danke.« Tali fasste sie leicht am Arm. »Océane?«

»Ja?«

»Ich möchte Sie etwas fragen.« Noch hegte Tali ein Fitzelchen Hoffnung, doch noch alles aufklären zu können. Und das hier war ihre Chance, ein wenig mehr über die Beziehung zwischen den beiden zu erfahren.

»Nur zu.« Océane lächelte Tali aufmunternd an.

»Wenn ich Ihnen sagte, dass Inès mir etwas bedeutet, wären Sie eifersüchtig?«

Océane schüttelte den Kopf und zupfte an ihrem karierten Hemd. »Nein. Wieso sollte ich eifersüchtig sein?«

Tali hielt für einen Moment den Atem an. Sie starrte Océane an. Wenn das wirklich die Freundin von Inès war, dann war ihre Beziehung zueinander anscheinend eine sehr lockere. Sie räusperte sich. »Es wäre Ihnen also egal, ob sich eine andere Frau für Inès interessiert?«

Océane hob erst eine Braue und dann beide Arme in die Höhe. »Inès ist ein freier Mensch. Wir stehen uns natürlich sehr nahe, verbringen die meiste Zeit miteinander, aber das bedeutet doch nicht gleich, dass ich über sie bestimme oder sie in ihrem Privatleben einenge.«

Tali runzelte die Stirn. Vielleicht war Océane ja doch nicht Inès' Freundin? Und vielleicht gab es auch eine andere logische Erklärung für Inès' Verhalten? Tali nahm ihren ganzen Mut zusammen. »Lieben Sie Inès?«

Océane fuhr sich durch den Wuschelkopf. »Ob ich Inès liebe?«

»Nun, ich habe das Foto in Inès' Zimmer gesehen, sie wirkten zusammen wie ein glückliches Paar und da dachte ich, ...«

Océane brach in schallendes Gelächter aus. »Wie? Inès und ich, ein Paar?« Sie stemmte eine Hand in die Hüfte. »Wer hat Ihnen denn diesen Bären aufgebunden?«

Tali riss die Augen auf. »Äh, also, dann ist Inès nicht mit Ihnen zusammen?«

Océane grinste. »Nein, ich bin nicht lesbisch. Nicht,

dass ich wüsste. Und dann auch noch ...« Sie schüttelte den Wuschelkopf und machte einen Schritt auf Tali zu. »Sehen Sie mich genau an, Tali.«

»Mmhh.« Tali verstand gar nichts mehr.

»Was sehen Sie, Tali?«

Tali hob die Schultern. »Ich sehe eine junge Frau mit schwarzen halblangen Locken.« *Die momentan ein wenig verwuschelt aussehen.* Kurz überlegte Tali und kratzte sich an der Stirn. *Was sehe ich noch?* Ach ja. »Goldbraune Augen, Grübchen beim Lachen, mindestens einmeterzweiundsiebzig groß.« Noch bevor Tali den letzten Satz ausgesprochen hatte, fiel es ihr wie Schuppen von den Augen. Sie schnappte nach Luft. »Sie sind die Schwester von Inès?«

»Zweieiige, fünf Minuten jüngere Zwillingsschwester, um genau zu sein.«

»Oh.« Tali lehnte sich zurück und fand keinen Halt. »Das wusste ich nicht.«

»Soweit ich weiß«, sagte Océane schmunzelnd, »ist Inès auch noch nie mit einer Frau zusammen gewesen.«

Tali setzte sich kerzengerade auf. Ihr fiel der Mund auf. »Nicht?«

Die bisher nur angelehnte Tür flog auf.

Inès machte zwei Schritte in den Raum und blieb dann wie angewurzelt stehen. Stocksteif wie eine Zinnsoldatin stand sie da. Sie sah von Océane zu Tali und wieder zurück zu Océane. »Es gab nur noch Pain au chocolat und keine Croissants«, sagte sie dann leise, wie zu sich selbst. Langsam ließ sie die Tüte, aus der ein goldgelbes Baguette hervorspitzte, sinken. »Tali. Du ... was ...?«, stammelte sie, sah kurz zu Tali und dann wieder hilfesuchend zu ihrer

Zwillingsschwester.

»Tali hat geglaubt, dass wir beide ein Paar sind. Ich habe ihr gesagt, dass weder du noch ich lesbisch und wir Zwillinge sind.« Océane bedachte Inès mit einem seltsamen Blick. »Ich lasse euch wohl besser alleine. Ihr habt sicher etwas privat zu bereden.« Mit ein paar Schritten war Océane an der Tür, die sie leise hinter sich schloss.

Inès stand vor Tali wie ein begossener Pudel. »Es tut mir so leid.« Sie ließ die Schultern hängen und senkte den Blick. »Erst als du schon weg warst, habe ich begriffen, dass du unser Bild über meinem Bett gesehen und Océane für meine Partnerin gehalten hast. Ich wollte es gerne klarstellen, aber ich hatte weder deine Adresse noch deine Telefonnummer.«

Talis Herz hämmerte wie verrückt gegen den Brustkorb. Nachdem sie sich ein wenig gefasst hatte, holte sie tief Luft und sagte: »Ja, allerdings, das habe ich geglaubt.« Kraftlos hob sie die Arme und ließ sie gleich wieder sinken. »Warum, Inès? Warum diese Lüge, dass du lesbisch bist?«

»Ich ...« Inès hob das Kinn und sah Tali in die Augen. »Ich wusste nicht, wie ich es dir sagen sollte.«

Mit energischem Schwung erhob Tali sich. »Mir was sagen?«, donnerte sie los. »Inès, du hast dich als Lesbe ausgegeben, mich erst heiß gemacht und dann alles abgeblockt, bevor es zum Äußersten kommen konnte.« Tali ballte die Hände zu Fäusten, bis die Fingerknöchel weiß hervortraten. »Warum? Ich habe ein Recht darauf, zu erfahren, was du für ein Spiel gespielt hast, bevor ich morgen wieder zurück nach Berlin fahre.«

Inès' Augen weiteten sich. »Du verlässt Paris morgen schon?«

Ohne auf ihre Worte zu achten, machte Tali zwei hastige Schritte auf Inès zu und fasste sie an den Schultern. »Du hattest keine Gefühle für mich und hast nur ein wenig mit mir spielen wollen. Nach dem Motto: Mal sehen, wie es ist, eine Lesbe zu küssen? Oder? Und ich blöde Kuh habe gedacht ...«

Inès wehrte sich nicht und stand nur stocksteif da. Dann hob sie die Arme und löste sich aus Talis Griff. »Ich wusste nicht, wie ich dir sagen sollte, dass du die Erste für mich gewesen wärst.« Inès schob sich an Tali vorbei und setzte sich aufs Bett. Sie verschränkte die Finger und hielt den Blick starr auf den blauen Teppich gerichtet. »Ich habe dich belogen, aus Angst, dich gleich wieder zu verlieren, bevor noch alles zwischen uns begonnen hat, und habe genau das damit erreicht.«

Tali blickte in Inès' Augen, die die Farbe gewechselt hatten. Von einem warmen Goldbraun zu einem dunklen Moosgrün.

Nach einer kurzen Pause sagte Inès leise: »Ich habe schon länger gespürt, dass ich wohl eher Frauen liebe, aber ich hatte Angst, es mir wirklich einzugestehen.«

Tali presste die Lippen zusammen. »Du hast mir gesagt, dass noch nie ein Mann dich berührt hat und du schon immer wusstest, dass du lesbisch bist.«

Inès raufte sich die raspelkurzen Haare, so dass sie noch mehr abstanden, als vorher schon. »Ich wollte mit dir auf einer Ebene sein. Ich habe mich geschämt, ich dachte, du willst mit mir nichts zu tun haben, wenn ich dir sage, dass ich mit Männern geschlafen habe. Als ich dich am Montmartre gesehen habe, hat es mich wie der Blitz getroffen. Ich war auf der Stelle hin und weg von dir und hätte alles darum gegeben, dich kennenzulernen. Bei uns sagt man *coup de foudre* dazu. Deswegen bin ich dir nachgelaufen und habe dich angesprochen.«

Coup de foudre? In Talis Hirn rotierte es. Den Ausspruch hatte Tali schon gehört. *Inès war hin und weg von mir? Ist mir nachgelaufen? Sie hat also nicht nur mit mir gespielt?* Tali machte einen Schritt auf Inès zu. »Ich hätte kein Problem damit, wenn du schon einmal etwas mit einem Mann gehabt hättest.« Heftig schüttelte Tali den Kopf. »Jeder Mensch hat ein Recht auf seine eigene Vergangenheit. Zwei Menschen finden sich und fangen zusammen von Null an. Für eine Nacht, Wochen, Monate, Jahre oder das ganze Leben.«

Inès hob den Blick. Tränen standen in ihren Augen.

Weint sie? Tali stopfte ihre Hände in die Tasche, um sich davon abzuhalten, Inès zu trösten. Die Enttäuschung über ihr Verhalten grummelte immer noch in Talis Magen.

»Es gibt ein körperliches Mal«, sagte Inès, »das ich von einer Beziehung mit einem Mann davongetragen habe. Ich habe mich geschämt, mich vor dir auszuziehen. Dein Körper schien so perfekt. So makellos.«

Tali setzte sich, ein wenig entfernt von Inès, auf das Bett. »Was für ein Mal? Bist du ...« Tali schluckte um den Kloß in ihrem Hals herum. »Bist du misshandelt worden?«

Inès' Finger krallten sich an der Bettdecke fest. »Ich war schwanger von Romain, meinem Ex-Freund. Heute bin ich froh, das Kind nicht ausgetragen zu haben. Wir hätten keine gemeinsame Zukunft gehabt. Die Schwangerschaft verlief außer Norm, der Embryo nistete sich im Eileiter ein. Man musste ihn in einer Notoperation entfernen. Zurückgeblieben ist mir davon eine etwa zehn Zentimeter lange kirschrote Narbe im Bikinibereich. Ich fand mich hässlich damit und hatte auch Angst, dir zu beichten, woher ich die Narbe habe.«

Tali räusperte sich. Mit so einer Erklärung hatte sie nicht gerechnet. »Eine Narbe entstellt doch nicht gleich einen ganzen Menschen. Lügen sind deswegen sicher nicht notwendig.« Ihr Blick ging durch das riesige hohe Fenster hinaus auf den begrünten Innenhof. Die Baumkronen mit den bereits rotgefärbten Blättern schaukelten sanft im Wind, während in Tali immer noch ein Sturm tobte.

Inès verbarg das Gesicht in den Händen. »Es tut mir so leid, Tali. Ich hatte Gefühle für dich, glaub mir. Ich habe davon geträumt, mit dir zu schlafen und dazu zu stehen, dass ich eben auf Frauen stehe. Vielleicht hatte ich auch ein wenig Angst davor, was mein Umfeld dazu sagen wird. Doch was ich für dich gefühlt habe, war echt.« Sie sprang auf und lief unruhig im Zimmer auf und ab. Dann blieb sie stehen und fixierte Tali mit ihrem Blick. »Ich bin, nein war verliebt in dich, Tali.«

Tali machte einen tiefen Atemzug. Coup de foudre. Die Liebe auf den ersten Blick. Sie ist verliebt in dich oder war es zumindest? Das ist total verrückt. »Ich fürchte, mit deinen Lügen hast du alles kaputt gemacht«, sagte Tali leise.

»Es tut mir so leid. Bitte verzeih mir, Tali.« Inès sank auf das Bett zurück.

Ihre Blicke trafen sich, bevor Inès auf den Boden sah.

Tali sah Inès weiter an. Inès, die mit hängendem Kopf und gesenkten Blick da saß, wie eine Verurteilte. *Was mach ich jetzt? Gehen? Einfach alles hinter mir lassen? Meine Erklärung habe ich bekommen.* Tali horchte in sich hinein und traf eine Entscheidung. »Ich verstehe wirklich nicht, warum du dich so verhalten hast. Also nicht ganz, jedenfalls. Aber danke, dass du so offen warst. Ich würde dich gerne halten, wenn ich darf.«

Inès nickte.

Tali zog sie sanft zu sich heran und umarmte sie.

Für eine gefühlte Ewigkeit saßen sie so in Inès' Zimmer. Tali lauschte einfach nur Inès Herzschlag, der sich langsam zu beruhigen schien.

»Inès?«

»Ja?«

Ein Lächeln schlich sich auf Talis Mundwinkel. »Erinnerst du dich noch an das, was du mir bei unserem Kennenlernen gesagt hast?«

Inès schniefte und lächelte sie schief an. »Ich habe dir an diesem Tag so viele Dinge gesagt, um meine Verlegenheit zu überspielen.«

Tali hielt sie an den Schultern. »Du sagtest: Perfektion kann auch etwas Langweiliges an sich haben.«

»Ja, stimmt, das habe ich gesagt.«

Tali schmunzelte. »Wenn das für dich gilt, warum nimmst du dann an, dass es für mich nicht gelten kann?«

Inès lächelte, dieses Mal richtig und zeigte dabei ihre Grübchen.

»Du wolltest wirklich wegen einer Narbe und deiner Vorgeschichte unser Kennenlernen im Sand verlaufen lassen?« Tali schüttelte den Kopf. Dann hob sie mit einem Finger Inès' Kinn an. »Du weißt ja gar nicht, was dir da entgangen wäre.«

»So?« Inès schniefte erneut. Ein winziges Lächeln huschte über ihr Gesicht. Sie atmete tief aus. »Möchtest du sie sehen?«, fragte sie dann leise.

»Wen oder was?« Talis Herzschlag beschleunigte sich.

»Meine Narbe.« Diese zwei Worte flüsterte sie.

Tali legte ihre Hand auf Inès' Oberschenkel. »Möchtest du sie mir zeigen?«

Inès nickte.

»Gut. Dann möchte ich sie gerne sehen.«

Mit leichtem Zögern fasste sich Inès an die Bluse. Ihre Hände zitterten leicht, als sie erst einen Knopf, dann zwei, dann drei öffnete. »Das ist das erste Mal, dass ich das mache«, murmelte sie. »Außer meiner Zwillingsschwester Océane hat mich seit dem operativen Eingriff niemand mehr nackt gesehen.«

Inès legte die Bluse ab und saß nur noch im BH vor Tali.

Champagnerfarbene Seide. Talis Mund war staubtrocken. Sie konnte ihren Blick kaum von Inès' Brüsten lösen. Sie waren nicht zu klein, nicht zu üppig. Gerade richtig. »Was ich bis jetzt sehe, gefällt mir unglaublich gut.« Ihre Stimme hörte sich in ihren eigenen Ohren rau an.

Inès senkte erschrocken den Blick. »Bis jetzt?«

Innerlich stöhnte Tali auf. »Tu einfach so, als hätte ich nichts gesagt. Es ist mir einfach so rausgerutscht und hat nichts, aber auch gar nichts zu bedeuten.«

Inès hielt die Hände schützend vor den Bauch gepresst. »Bist du bereit?«

Tali nickte.

Langsam zog Inès die Hände weg und offenbarte Tali Stück für Stück die Stelle ihres Körpers, der ihr so große Probleme bereitete.

Tali sah einen längeren Schnitt in der Bikinizone, der senkrecht verlief und trotz allem alles andere als spektakulär aussah. »Okay. Und wo ist nun die entstellende hässliche Narbe?«

»Du findest es nicht ... schlimm?«, flüsterte Inès.

»Nein.« Tali schüttelte den Kopf. »Nicht im Geringsten.«

Inès' Gesicht entspannte sich, so als sei eine große Last von ihren Schultern abgefallen. Sie tätschelte sich den absolut flachen Bauch. »Und, wie findest du den?«

»Tausend Mal schöner als meinen. Nein, im Ernst: Dein Körper ist wunderschön, Inès. Du hast tolle lange Beine, wohlgeformte Brüste. Einen richtig knackigen Po. Mit oder ohne Narbe gefällt mir dein Körper. Für mich ist er perfekt.«

Eine Pause entstand, in der lediglich das Klappern von Tellern und Gläsern aus der Küche zu vernehmen war.

»Tali?«

»Ja?«

»Ich ... ich würde dich gerne küssen.«

Talis Herz machte einen Satz. Wie oft hatte sie sich seit ihrer letzten Begegnung trotz allem gewünscht, Inès' Lippen erneut auf ihren zu spüren. »Ich dich auch«, wisperte sie.

Inès schlang ihre Arme um Talis Hals. Mit den Händen fuhr sie durch Talis wilde braune Locken und vergrub dann ihre Nase in der Kuhle zwischen Hals und Schulterblatt.

Der Duft von Pfirsich stieg in Talis Nase. Sie schnüffelte. Pfirsich-Melone. Inès' Shampoo. Inès roch gut. »Du fühlst dich so gut an«, war alles, was Tali hervorbrachte. Sie schloss die Augen und saugte den Moment in sich auf.

Inès legte ihre Hand in Talis Nacken, zog sanft ihren Kopf zu sich heran.

Ihre Lippen kamen sich so nah, bis nur noch ein Blatt dazwischen passte.

Inès liebkoste mit der Zungenspitze Talis Lippen und schob sie sanft auseinander.

Als ihre Zungen sich berührten, klammerte sich Tali so leidenschaftlich an Inès, dass Inès' Herzschlag in ihrem ganzen Körper zu spüren sein schien. Tali bedeckte Inès' Dekolleté mit Küssen und streichelte sanft über ihre Brüste. Sie senkte den Mund auf Inès' aufgerichtete Brustwarzen und küsste sie durch den leichten Seidenstoff hindurch. Mit den Zähnen hob Tali vorsichtig den Stoff zur Seite und ließ ihre Zunge kreisen. Langsam wanderte Talis Hand synchron dazu tiefer und streichelte Inès' Bauch. Dann rutschte sie Stück für Stück in Richtung ihres Venushügels. Sie hatte davon geträumt Inès anzufassen, sie zu streicheln – aber das hier war besser als jeder Traum.

»Schlimm, was ich da mit dir mache?«, flüsterte Tali und sah von Inés' Busen auf.

Inès öffnete kurz die Augen und hielt die Augenlider dann gleich wieder geschlossen. »Nein. Wundervoll. Mach weiter.«

»Océane, wo zum Henker hast du meine Socken versteckt?« Eine dunkle männliche Stimme erklang. Die Tür wurde aufgerissen, jemand stürmte ins Zimmer.

Tali erstarrte.

»Äh, tut mir leid, Inès, ich dachte, du bist schon weg

und Océane hat mal wieder meine Socken verschlampt und, äh ...«

»Oh, merde! Philippe!«, kreischte Inès und zog blitzschnell ein Stück von der Decke über sie beide. »Schon mal was von sicherheitshalber Anklopfen gehört? Dégage!« *Zisch ab!*

Philippe grinste über beide Ohren und lief rot an.

Tali vergrub ihr Gesicht leise stöhnend in die Kissen und tastete unter der Decke hektisch nach ihrem BH. Auf der Rangliste ihrer peinlichsten Momente verdiente dieser sicher einen der oberen Plätze.

»Hi, Tali, schön dich wiederzusehen, dann ... lasst euch nicht aufhalten.« Philippe drehte sich auf dem Absatz um und zog die Tür hinter sich mit einem lauten Klacken zu.

Tali rutschte ein Stück aus der Decke heraus und starrte kopfschüttelnd in Richtung Tür. *Uff. Auf die kleine Showeinlage hätte ich dann doch lieber verzichtet.*

Inès richtete sich auf. Sie fuhr sich durch ihre Haare. »Mitbewohner sind das letzte. Mein Vorbewohner hat den Schlüssel zum Absperren leider verbummelt. Privatsphäre ist hier ein Fremdwort. Sobald ich genug Geld habe, ziehe ich in eine eigene Wohnung.«

Tali setzte sich in den Schneidersitz. »Na, wenigstens hat Philippe uns beide nicht ganz nackt in Aktion erwischt.«

Inès ließ ihren Kopf in Talis Schoss sinken. »Ha! Dafür träumt er heute Nacht davon.«

Sie kicherten.

Zärtlich streichelte Tali ihr über das kurze Haar. Ein leichtes Grinsen konnte sie sich nicht verkneifen. »Ein unfreiwilliges, aber schmerzloses Coming-Out würde ich sagen.«

Inès' goldbraun gesprenkelte Augen sahen hoch zu ihr. »Ja, könnte man so sagen. Philippe wird dafür sorgen, dass die Neuigkeit die Runde macht und nimmt mir so einige Arbeit ab. Was will ich also mehr?«

Tali strich über Inès' zarte Haut an ihrem Oberarm und beobachtete wie sich eine Gänsehaut entwickelte. »Ich muss schon sagen, ich bin beeindruckt, wie gut du das wegsteckst. An deiner Stelle würde ich wahrscheinlich in den nächsten Tagen mit hochrotem Kopf durch die Wohnung schleichen und mir eine Tarnkappe wünschen, sobald Philippe in der Nähe ist.« Sie hielt in der Berührung inne. »Aber mal was ganz anderes: Musst du nicht zur Arbeit?«

Inès schüttelte den Kopf. »Nö. Hab den Kellner-Job geschmissen.«

»Was?« Tali hob eine Augenbraue. »Warum denn?«

Inès' Wangen röteten sich. Sie löste sich aus Talis Berührungen und setzte sich auf. Sie griff nach einer der Decken und umwickelte sich damit. »Der Chef hat begonnen, mir nachzustellen. Am Anfang ganz subtil, dann immer fordernder. Als ich ihm klipp und klar gesagt habe, dass zwischen uns nichts laufen wird, hat er mich vor die Wahl gestellt und mir seine Bedingungen erklärt. Da bin ich gegangen.«

»Nicht so einfach, einen neuen Job zu ergattern, hm?« Tali legte ihr eine Hand auf die Schulter. »Aber für das Ekelpaket von Boss tut es mir nicht leid, dass er dich verloren hat.«

Inès Gesichtsausdruck entspannte sich. Sie gab Tali einen kleinen feuchten Kuss auf die Nase und sah ihr dann tief in die Augen. »Dafür haben wir umso mehr Zeit für uns.«

Talis Herz machte einen Hüpfer. »Ja, das haben wir.«

Tali öffnete die Augen und blinzelte. *Wo bin ich?* Ihr Blick schweifte durch den Raum. Alles Blau. Inès' Lieblingsfarbe. Inès.

»Guten Morgen.« Inès' verschlafenes Gesicht tauchte über der Bettdecke auf. Ihre Haare waren ganz verstrubbelt und standen wild nach allen Seiten ab.

»Sogar morgens, wenn du aufwachst, siehst du einfach unwiderstehlich aus. Wie machst du das?« Neckisch stupste Tali sie an die Nasenspitze. Dann riss Tali ihr ohne Vorwarnung die Decke weg.

»Ah, nicht«, quiekte Inès.

Talis Augen glitten über Inès' lange schlanke Beine. Ihr rosafarbenes T-Shirt war hochgerutscht und ein neuer nachtblauer Seidenslip spitzte darunter hervor. *Mmmh. Zu schade, dass wir nicht gleich noch einmal ...* Inès hatte nun wirklich keinerlei Grund, sich für ihren Körper zu schämen. »Zeit zum Aufstehen. Sonst verpasse ich noch den Zug. Oder ist es das, was du willst?«

Inès fuhr sich durch die raspelkurzen Haare. »So eine kleine Verlängerung der vergangenen Nacht wäre gar nicht schlecht.« Sie beugte sich zu Tali, umarmte sie und drückte ihr einen Kuss auf den Mund. »Wusste gar nicht, wie gut man sich als geoutete Lesbe fühlt.« Inès streckte sich. »Fast wie neugeboren.«

Tali sprang vom Bett auf. »Und? Will die neu geoutete

Lesbe zuerst duschen? Oder soll ich?«

Inès setzte die Füße auf den blauen Teppichvorleger und schälte sich langsam aus dem Bett. Mit einem lasziven Augenaufschlag schlängelte sie sich in ihrem T-Shirt an Tali vorbei. »Wie wäre es, wenn wir zusammen duschen?«

»Gar keine schlechte Idee.« Tali legte den Kopf schief und tapste in einem geliehenen fliederfarbenen Shorty von Inès an die Tür. »Ich hoffe, man kann wenigstens das Badezimmer absperren? Denn sonst fallen deine Mitbewohner vielleicht in Ohnmacht, wenn sie uns zusammen nackt unter der Dusche stehen sehen.«

Inès schüttelte den Kopf. »Absperren kann man leider nicht. Aber um diese unchristliche Zeit schlafen meine Mitbewohner noch. Natürlich nur, sofern sie sich nicht ausnahmsweise mal zu den morgendlichen Vorlesungen in die Uni geschleppt haben.«

»Wann fährst du?« Inès studierte Tali so aufmerksam, als ob sie sich ihr Gesicht für längere Zeit einprägen wollte.

»Mein Zug fährt genau um 9.55 vom Bahnhof *Gare de l'Est* ab.« Tali war mulmig. Sie starrte das Croissant auf ihrem Teller an.

Inès nahm einen Bissen von ihrem Croissant. Sie kaute und schluckte. »Trinkst du einen Kaffee?« Sie schlug sich mit zwei Fingern auf den Mund. »Entschuldige. Einen Saft?«

Beim Aufstehen hatte Tali es noch ausblenden können. Aber jetzt holte die Realität sie ein. Ihre Abreise hing wie ein Damoklesschwert über ihrem Kopf. *Werde ich Inès wirklich nie wiedersehen?* Der Appetit war ihr gründlich vergangen. Sie winkte ab. »Heute morgen bringe ich wirklich nichts herunter. Weder Saft noch sonst etwas.«

»Iss wenigstens etwas Kleines.« Inès deutete auf Talis Croissant. »Die Fahrt dauert doch Stunden.« Sie musterte Tali. »Auch auf die Gefahr hin, dass ich wie deine Mutter rüberkomme: Du solltest etwas essen.«

»Lieb gemeint, aber ich kann wirklich nicht.« Tali hob den Blick und sah auf die laut tickende blaue Küchenuhr über ihren Köpfen. »Ich glaube, wir müssen nun wirklich los.«

Inès folgte ihrem Blick. »Was, schon so spät?« Sie sprang auf und räumte in Windeseile den Tisch ab. »Wir müssen doch noch dein Gepäck aus dem Hotel holen.«

Kurze Zeit später rauschten sie aus der Wohnung, ohne sich von irgendjemandem zu verabschieden.

Inès wollte den Lift rufen, doch Tali schob sich an ihr vorbei. »In diesen klapprigen Aufzug von Anno weiß-nicht-was kriegen mich jetzt wirklich keine zehn Pferde mehr rein.«

Inès lachte, umfasste Talis Gesicht mit beiden Händen und gab ihr vor der Fahrstuhltür einen Kuss. »Du bist echt süß, weißt du das? Vom Kaffee kriegst du das Kotzen. Vom Aufzug fahren bekommst du Klaustrophobie. Und gibt es nicht auch einen bestimmten Grund, weshalb du lieber den Zug als das Flugzeug nimmst?« Sie wackelte mit den Augenbrauen. »Du leidest nicht ganz zufällig auch an Aviophobie?«

Ertappt senkte Tali den Blick und zupfte an ihrem Mantelkragen. Es stimmte. Inès hatte genau ins Schwarze getroffen. »Okay, okay, du hast ja recht. Schon seit Jahren bekommt man mich in kein Flugzeug mehr«, grummelte Tali.

Tali hielt Inès an der Hand und streichelte ihr mit dem Daumen über den Handrücken, während sie die Eingangshalle des Bahnhofs *Gare de l'Est* durchquerten.

Als sie den Bahnsteig erreicht hatten, klatschte Tali die beiden blauen Reisetaschen, eine mittelgroße, eine kleine, neben sich auf den Boden. *Ich will nicht fort,* schrie ihre innere Stimme. Am liebsten hätte sie wie ein Kind mit dem Fuß aufgestampft und losgeheult. »Inès«, sagte Tali zwischen zwei Lautsprecherdurchsagen, »es war so schön mit dir.« Sie machte einen halben Schritt auf Inès zu. »Danke für die unvergesslichen Momente.«

Sie hielten sich fest in den Armen.

»Vielleicht bist du ja bald wieder geschäftlich in Paris?«, fragte Inès mit leiser Stimme und vergrub ihren Kopf in Talis Halsbeuge. »Dann gib mir Bescheid.«

»Na klar, das mache ich.« Ihre Worte klangen hohl in Talis eigenen Ohren.

Inès löste sich ein wenig von Tali. Sie blinzelte. »Paris ist nicht das Ende der Welt.«

»Das nicht gerade. Nur die Winzigkeit von achthundertvierundsiebzig Kilometer Luftlinie von Berlin entfernt.« Tali zwang ein Lächeln auf ihr Gesicht. »Ein Klacks, wenn man ein Wanderfalke ist.«

»Oder sich überwindet und einfach in ein Flugzeug steigt.« Inès hob leicht die Mundwinkel nach oben. »Statistisch gesehen ist das Flugzeug ohnehin viel sicherer als die Bahn.«

Tali schwieg. Sie hätte alles darum gegeben, die Zeit einfach anzuhalten. Wenigstens für einen Tag. Oder zwei. Dabei rückte der Abschied minütlich näher. Sie hob den Blick und betrachtete Inès eindringlich. »Schätze, bei dir wird sich jetzt einiges ändern. Veranstaltungen, auf Lesben-Parties gehen und so was, meine ich?« Tali biss auf ihrer Unterlippe herum. Wollte sie darauf wirklich die Antwort hören? Und: Fiel ihr denn zum Abschied nichts Besseres ein?

Inès lächelte flüchtig. »Ja, kann sein, dass ich das mal ausprobiere.«

Inès' Antwort versetzte Tali einen Stich ins Herz. Würde Inès sich jetzt in Abenteuer mit anderen Frauen stürzen, ihre Freiheit ausleben? *Während ich in Berlin sitze und ihr nachtrauere?*

Das langgezogene Geräusch von quietschenden Bremsen heulte in Talis Ohren. Sie fuhr herum. Wie betäubt sah sie zu, wie der Zug in den Bahnhof einfuhr und die Fahrgäste, sobald er zum Stillstand gekommen war, in die Abteile hineinströmten.

In Inès' Augen schimmerte es feucht. »Es war wundervoll mit dir.« Langsam hob sie Talis Hand an ihre Wange und liebkoste sie zärtlich. »Ich werde dich nicht vergessen.«

Tali musste heftig schlucken. Ein dicker Kloß steckte ihr im Hals. »Ich dich auch nicht, Inès.« Fast flüsterte sie die Worte. Tali zog Inès ganz nah an sich heran. Sie umarmte sie innig und wollte sie gar nicht wieder loslassen. Sich von Inès zu lösen, bereitete ihr fast körperliche Schmerzen.

Schließlich schnappte sich Tali ihre beiden Reisetaschen und hievte sie ächzend in den Gang hinein. Sie stolperte ins Abteil und steckte den Kopf durch den breiten Spalt über der halb heruntergelassenen Scheibe.

Inès kramte in ihrer Jackentasche und holte einen kleinen säuberlich gefalteten Zettel hervor. »Hier. Meine Nummer.« Sie hob den Arm und reichte ihn ihr hinauf. »Ruf mich an, sobald du in Deutschland bist.« Ihr Lächeln sah ein wenig schief aus. »Falls du Lust zum Reden hast, ich bin jederzeit für dich erreichbar.«

Lust zum Reden? Tali lehnte sich hinaus und nahm den Zettel entgegen. Stumm nickte sie und presste die Lippen aufeinander. Bei dem Gedanken, Inès' wunderbar weichen Körper vielleicht nie wieder berühren zu dürfen, schnürte sich Talis Kehle zu. Auch wenn sie gewollt hätte, in diesem Moment hätte sie keinen Ton herausgebracht.

Ein schriller Pfiff ertönte. Ruckelnd setzte sich der Zug in Bewegung.

Das klopfende Geräusch der Räder auf den Gleisen erschien ohrenbetäubend. Wie in Zeitlupe hob Tali die Hand nach oben und ließ sie kraftlos wieder sinken. Auf ihrer Brust lag ein tonnenschwerer Bleimantel. Das hier war alles so unwirklich.

Inès' Gesicht leuchtete klein und bleich zwischen den vielen anderen Menschen auf dem Bahnsteig auf. Sie hob die Hand zu einem letzten Gruß.

Tali sah zu, wie sich Inès' schmale Silhouette immer mehr und mehr entfernte. Mit dem Handrücken rieb Tali sich über die brennenden Wangen. Langsam sank sie in ihren Sitz zurück. Sie schloss die Augen. War es das jetzt gewesen?

»Wieee bitte? Keine Fotos von Paris?«

Tali zuckte mit den Schultern. »Der Fotoapparat wurde geklaut.« Ein kleiner Seufzer entfuhr ihr. Weniger wegen der verlorenen Kamera, sondern den Erinnerungen, die damit verbunden waren. Erst eine Woche war sie zurück in Berlin und seitdem war kein Tag vergangen, an dem sie nicht an Inès gedacht hatte. Über ihren Bildschirm hinweg sah Tali zu Heike hinüber, die sich wegen einer schlimmen Grippe letzte Woche krankgemeldet hatte und erst heute wieder zur Arbeit erschienen war.

»Im Ernst?« Heike riss die Augen auf. Sie entledigte sich ihres Mantels und hängte ihn an den Haken. Mit ein paar Schritten war sie am Schreibtisch und ließ sich langsam in den Bürostuhl sinken. »Habe ich es dir nicht gleich gesagt?«, rief Heike aus. »Aufpassen wie ein Schießhund muss man in Paris. Noch dazu diese lästigen Händler überall, die einem alle paar Meter etwas andrehen wollen ...« Ein kurzer trockener Hustenanfall unterbrach sie. »Und die überteuerten Preise erst ...« Theatralisch hob sie die Arme in die Höhe und ergoss sich in einem Schwall von Worten über alle nur erdenklichen Nachteile der französischen Metropole. Anscheinend hatte sie bereits vergessen, dass sie noch vor kurzer Zeit versucht hatte, Tali den Aufenthalt dort schmackhaft zu machen.

Tali hörte nur noch mit halbem Ohr zu. Auf ihre Arbeit konnte sie sich ebenfalls nicht konzentrieren. Wen interessierten schon langweilige Bilanzierungsprogramme und Analysen mitsamt Schwachstellenoptimierung? Auch den Bericht für ihre Chefin, Frau Westermann, hatte sie immer noch nicht fertiggeschrieben. In Wahrheit war sie in Gedanken weit weg. Hunderte Kilometer weit weg.

»Tali?«

Heikes Stimme riss Tali aus ihren Gedanken. Ruckartig hob sie den Kopf. »Äh, ja?«

»Du bist ja plötzlich so still.« Heike streckte den Hals und sah sie über ihren Computer hinweg an. »Jetzt erzähl mal. Wie war es denn sonst?

Tali löste zögerlich den Blick von ihrem Bildschirm. Ihr Magen hatte sich bei der harmlosen Frage zusammengekrampft. Was war nur los mit ihr? Sie räusperte sich und fuhr sich mit einer fahrigen Bewegung durch die Locken. »Es war ... ganz okay.«

»Ganz okay?« Heike forschte in ihrem Gesicht.

Talis Wangen wurden unter Heikes bohrenden Blicken ganz heiß. Doch wozu ihre Arbeitskollegin behelligen, die ihr dann später mit unangenehmen Fragen in den Ohren liegen würde? Bestimmt war es keine gute Idee, sich falsche Hoffnungen in Bezug auf Inès zu machen. Ohne Zweifel: Sie hatten ein paar schöne Tage zusammen verbracht und eine wirklich wundervolle Nacht. Tali machte sich nichts vor. Mit ihrem Gehalt konnte sie es sich nicht erlauben, mal eben jedes Wochenende nach Paris zu jetten. Und ohnehin: Eine Fernbeziehung Berlin-Paris würde auf Dauer sowieso nicht funktionieren.

Tali stand auf und ging zum Fenster. Aus den Augenwinkeln sah sie, wie Heikes Blick ihr folgte. »Müssten die Pflanzen nicht vielleicht gegossen werden?« Ohne eine Antwort abzuwarten schnappte sich Tali die Gießkanne und begann, die ohnehin feuchte Erde zu bewässern.

»Nicht nötig.« Heike schnalzte mit der Zunge. »Die haben sicher gestern erst Wasser bekommen. Das übernimmt jetzt immer die Putzfee.«

»Oh.« Tali hielt inne. »Na gut.« Sie ließ die Kanne sinken und stellte sie wieder an ihren Platz ab. Dann ging sie wieder zurück an ihren Schreibtisch.

»Mit dir stimmt irgendwas nicht.« Heike betrachtete sie mit zusammengekniffenen Augen. »So wortkarg kenne ich dich gar nicht.« Dann glitt ein Leuchten über ihr Gesicht. »Du hast«, sie gluckste, »... jemanden kennengelernt und bist über beide Ohren verliebt?«

Quatsch. Wer sprach denn von Liebe? Das war lächerlich. Man verliebte sich doch nicht einfach so, während ein paar Tage Schulungsaufenthalt. Energisch schüttelte Tali den Kopf. »Verliebt, nein, sicher nicht.« Sie senkte den Blick. »Jemanden kennengelernt ... ja, könnte man so sagen.«

»Ist sie hübsch?«

»Mmh.«

»Lass mich raten: charmant und dunkelhaarig?«

»Mmh.« Tali hoffte, dass Heike das Thema fallen ließ.

»Anscheinend was Ernsteres.« Heike schmunzelte und lehnte sich in ihrem Stuhl zurück. »Also doch die Stadt der Liebe.« Ihr Blick glitt träumerisch aus dem Fenster. »Na ja, vielleicht sollte ich ja doch noch mal mit meinem Thomas hin. « Sie wandte sich wieder Tali zu. »Das heißt, du fährst bald wieder hin? Nach Paris?«

Tali zuckte mit den Schultern. Wenn sie das doch nur selbst so genau wüsste. »Wir haben unsere Nummern ausgetauscht und wollen in Kontakt bleiben«, nuschelte sie vor sich hin. In der vergangenen Woche hatten sie zwei

– leider unverbindlich klingende – private Nachrichten auf Facebook ausgetauscht und sich SMS geschrieben, doch bis jetzt noch nicht telefoniert. Inès' Botschaften waren so nüchtern, dass Tali sich nicht wirklich getraut hatte, bei ihr anzurufen. Sie wollte Inès auf keinen Fall unter Druck setzen oder zu aufdringlich erscheinen. Auch, wenn sie sich unheimlich danach sehnte, Inès' Stimme zu hören. *Wovor hast du eigentlich Angst? Sie hat selbst angeboten, dass du sie anrufen kannst. Jederzeit.* Ihr Bürotelefon klingelte. Tali fuhr erschrocken zusammen. Als sie die Nummer auf dem Display sah, rollte sie die Augen. Sie atmete tief durch und nahm das Gespräch an.

»Frau Petersen, so war das aber nicht geplant.« Die Stimme, die ihr ins Ohr bellte, gehörte dem Chef der Buchhaltung, Herrn Bernhard.

Nur nicht aus der Ruhe bringen lassen. Sie konnte sich bereits denken, worum es ging. Sicher um das neu eingeführte Controlling-System, das sie durchgesetzt hatte. Zu den Herausforderungen ihres Jobs gehörte auch diplomatisches Geschick. Und bisher hatte sie den miesepetrigen Bernhard auf die sanfte Tour immer wieder in seine Schranken verwiesen. Und genau das würde sie jetzt auch wieder tun.

»Hallo, Bruderherz.« Tali stand vor dem geöffneten Kühlschrank und inspizierte dessen Inhalt, während sie das Handy an ihr Ohr presste. Wie gebannt starrte sie auf die Packung Tofu im Kühlschrankfach. Oder doch lieber die Pizza Peperoni-Schafskäse von gestern?

»Hallo, Schwesterchen. Ich wollte fragen, ob du Lust hast, dich mit Laura und mir zu treffen? Wir wollen kurz auf den Ku'damm und dann ins Café Bleibtreu.«

Tali griff bereits nach der Pizza und hielt kurz davor in der Luft inne. Sie zog ihre Hand wieder zurück. *Schwere Entscheidung.* »Sonst gerne, aber heute bin ich wirklich zu geschafft.«

»Das sagst du, seit du aus Paris zurück bist, ständig.« Ein kleiner Vorwurf war in Arvids tiefer Bassstimme zu hören. »Du wartest darauf, dass deine neue Flamme dich anruft, stimmt's?«

Ihren Bruder hatte Tali mittlerweile eingeweiht. Doch Einzelheiten hatte sie auch Arvid verschwiegen.

Mit einem guten Schuss Sarkasmus in der Stimme sagte er: »Ich darf dich erinnern: Die Technik hat einige Errungenschaften in den letzten zwanzig Jahren hervorgebracht. Sie hat deine Handynummer. Somit bist du überall für sie zu erreichen.« Ein Schmatzgeräusch war zu hören. »Wie sieht sie eigentlich aus? So hübsch wie Marion Cotillard aus dem Film Batman? Apropos: Du hast nicht zufällig in einem ihrer beiden Pariser Restaurants gegessen und Marion dort getroffen?«

Tali verdrehte die Augen. Marion Cotillard? Batman? Der Geschmack ihres Bruders in puncto Frauen und Filmen war ... nun ja, eben Geschmackssache. »Da muss ich dich enttäuschen. Schauspielerinnen bin ich während meines Schulungsaufenthaltes leider nicht begegnet. Aber, Moment mal ...« Tali wackelte mit den Augenbrauen. »Du bist in festen Händen. Schon vergessen?«

»Träumen wird ja wohl noch erlaubt sein«, murrte Arvid.

Mit hängenden Schultern blickte Tali ihrem eingerahmten Porträt über dem Kühlschrank entgegen. Sie seufzte. »Na klar doch«, murmelte sie. »Träumen ist erlaubt.« Den Rahmen hatte sie in einem Trödelladen erstanden. Retro-Look aus braunen Kristallen. Ständig ertappte sie sich dabei, an Inès zu denken. Aber verschwendete die überhaupt noch einen Gedanken an sie? Das Seufzen ging in ein leises Grummeln über. Sie unterdrückte den kindischen Impuls, ihrem Abbild die Zunge herausstrecken zu wollen. Um sich sein eigenes Porträt über den Kühlschrank zu hängen, musste man entweder verdammt selbstverliebt sein ... oder ... oder ... verliebt in die Malerin?

»Okay, ich weiß«, drang Arvids Stimme an ihr Ohr, »Marion Cotillard ist nicht ganz dein Typ, aber du klingst außerdem, als hättest du einen harten Tag gehabt?«

»Kann sein.« Tali hielt das Handy ans andere Ohr und rieb sich mit der freien Hand die Schläfe. »Tut mir leid. Hab ziemlichen Stress im Job.« Sie unterdrückte ein Gähnen. »Während meines Schulungsaufenthaltes ist eine Menge liegengeblieben. Berge von Arbeit, die ich nun zusätzlich noch so ganz nebenbei erledigen darf.«

Mit einem Schubs schlug Tali die Kühlschranktür wieder zu. Momentan war sie nicht in der Lage, eine Entscheidung bezüglich ihres Abendessens zu treffen. Ächzend ließ sie sich in einen der vier weißen Holzstühle sinken, die um ihren Küchentisch herum standen.

Ein mehrmaliges kurzen Tuten signalisierte einen ankommenden Anruf.

Tali nahm das Handy vom Ohr und lugte auf das Display. Mit einem Mal war sie wieder hellwach. Ihr Herz klopfte wild. »Arvid, ich muss auflegen, wir sehen uns kommenden Sonntag bei den Eltern.«

»Okay. Ist gebongt.«

Tali nahm mit leicht zitternden Fingern den zweiten Anruf an. Eine französische Vorwahl, gefolgt von einer Eins am Anfang der Rufnummer, konnte um diese Uhrzeit eigentlich nur bedeuten, dass ... »Hallo? Petersen.«

Ein Räuspern war zu hören. Dann eine leise Stimme: »Salut, hier ist Inès.«

Talis Handflächen wurden feucht, ihr Mund dagegen staubtrocken. »Inès, ich freue mich, dass du anrufst.« Mist! Ihre Stimme hörte sich mehr nach einem Krächzen an.

»Ich hoffe, ich störe dich nicht?«

»Nein, gar nicht. Ich überlege nur gerade, was ich essen soll.« Tali trat sich innerlich in den Hintern. Was für ein blöder Kommentar. Da sprachen sie endlich mal wieder miteinander und dann fiel ihr spontan nur so etwas ein.

»Wirst du dir was kochen? Oder bist du mehr der Mikrowellentyp?«

»Äh, weder noch.« Tali sprang auf, machte wieder ein paar Schritte zum Kühlschrank und holte entschlossen die Pizza heraus. Auf einmal hatte sie das Gefühl, sich beschäftigen zu müssen, weil sie es nicht aushielt, still zu sitzen. Sie stellte ihren kleinen Grilltoaster an. »Ich werde die Pizza von gestern aufwärmen.« Sie schob das Pizzastück hinein. »Naja, ich habe gar keine Mikrowelle. Aus Prinzip nicht. Ich finde, dass das Essen damit gar keinen Geschmack mehr hat, mal abgesehen von der Strahlenbelastung, und die meisten Fertiggerichte ...«

Sie brach mitten im Satz ab. Was erzählte sie da wieder für einen langweiligen Blödsinn? Fast war es wieder so wie am Anfang, als sie sich kennengelernt hatten. Dabei hatten sie bereits miteinander geschlafen. Sollten sie da nicht eigentlich viel vertrauter im Umgang miteinander sein? *Jetzt aber sinnvoll.* »Also, was ich eigentlich sagen wollte, ist, dass ich dich heute anrufen wollte.«

»Da hatten wir wohl beide denselben Gedanken.« Inès lachte leise.

Tali lächelte. Sie konnte vor ihrem inneren Auge förmlich sehen, wie sich die Grübchen auf Inès' Wangen formten. »Und du? Was machst du gerade?«

Es raschelte. Inès' Stimme war von weiter weg zu hören. Anschließend klang sie wieder ganz nahe. »Mich um die Rechte am Telefon streiten und …«

»Taali, je t'aime«, kreischte eine verstellt hoch sülzende Männerstimme aus dem Hintergrund.

Inès' Fluchen war laut und deutlich zu hören. Dann vervollständigte sie den begonnenen Satz: »und gegen Philippe einen Mordplan aushecken.«

Wieder einmal wurde Tali bewusst, wie unterschiedlich ihr Leben war. Inès war mit ihren fünfundzwanzig Jahren immer noch ins WG-Leben involviert. Zusammen mit Studenten und Studentinnen. Während Tali bereits im richtigen Arbeitsleben stand, schon seit Jahren unabhängig war und alleine wohnte. Dennoch: Sie mochte diese unbeschwerte Ader an Inès. Sie konnte richtig kindisch sein. Auch das mochte Tali an ihr. Dann wieder verantwortungsbewusst, wenn es um ihre Mutter und die Geschwister ging. Einfach alles an ihr war faszinierend. Auch, dass sie sich getraut hatte, endlich zu ihren wahren

Gefühlen zu stehen. Ein Gedanke raste durch Talis Kopf, während sich gleichzeitig ihr Puls beschleunigte. Inès hatte es sich doch nicht etwa mit dem Lesbisch-Sein noch einmal überlegt? »Äh, sag mal, wie haben deine Familie und Freunde deinen Entschluss eigentlich aufgenommen?«

»Was meinst du?« Nach einer kurzen Pause war Inès' tiefes Ausatmen zu hören. »Dass ich von nun an Frauen liebe?«

Tali kniff die Lippen zusammen. *Nein, dass du nun Frauen im Plural liebst, das meinte ich nicht.* »Ja, äh, genau.«

»Unterschiedlich.«

»Oh.« Tali konnte sich in etwa denken, was diese Aussage bedeutete. »Wer hat es nicht gut aufgenommen?«

»Océane.«

Tali holte tief Luft. »Was ... was hat sie denn gesagt?«

»Warte kurz, ich gehe ins Bad.« Inès' Stimme war zu einem Flüstern gesenkt. Knarzende Schritte waren zu hören, eine Tür quietschte. Dann wieder Inès' leise Stimme. »So, jetzt bin ich alleine und kann besser reden. Sie hat gesagt, dass ich mir professionellen Rat holen soll, bevor ich mich endgültig entscheide.« Eine Pause entstand, in der nur Inès' Atem zu hören war. »Und dass ich ja nicht erwarten soll, dass sie nun auch lesbisch wird.«

Tali klappte die Kinnlade runter. Océane hätte sie ein wenig offener eingeschätzt. »Du musst ihr klarmachen, dass sie als dein Zwilling nicht dazu gezwungen ist, ihr Leben haargenau so zu leben wie du. Ihr könnt unterschiedliche Richtungen einschlagen und euch trotzdem nahe bleiben.«

»Das versuche ich ihr schon die ganze Zeit zu erklären. Wir reden viel, aber ob meine Botschaft auch bei ihr ankommt, da bin ich mir nicht so sicher. Océane ist zwar nur mein zweieiiger Zwilling, doch bisher haben wir immer alles gemeinsam gemacht.« Inès stöhnte leise. »In diesem Fall wohl eher nicht.«

»Lass ihr Zeit. Manchmal dauert es einfach, bis wir die Entscheidungen von nahestehenden Menschen annehmen können. Irgendwann stellen wir dann fest, dass doch alles nicht so wild ist und wir damit leben können.«

»Wie war das eigentlich bei dir?« Inès' Stimme klang geknickt. »Ging da alles glatt oder sprichst du hier gerade aus Erfahrung?«

Talis eigenes Coming-Out war schon eine ganze Weile her. Sie versuchte, sich die Reaktionen erneut ins Gedächtnis zu rufen. »Na ja, meine Mutter hatte da am Anfang so ihre Probleme. Nach Familienbesuchen hat sie sich jedes Mal kopfschüttelnd vor mich hingestellt und mich gefragt, ob das mit meinen Frauengeschichten nicht bald vorbei wäre? Abenteuer wären ja okay, aber eine lesbische Schwiegertochter könne man der indischen Verwandtschaft schließlich nicht zumuten.« Tali verdrehte bei der Erinnerung die Augen. »Sie hielt es für eine reine Phase. Mittlerweile respektiert aber auch meine Mutter meine Entscheidung.«

An der anderen Leitung herrschte kurzes Schweigen. »Bis meine Familie an diesem Punkt angelangt ist, wird es wohl noch eine Weile dauern.«

»Wichtig ist, dass du zu dir selbst stehst.« Tali wünschte sich, Inès in dieser Situation tröstend in ihren Armen zu halten. »Glaub mir, therapeutische Gespräche können dich vielleicht erleichtern, aber die Entscheidung, wie du lebst und wen du liebst, liegt alleine bei dir.«

»Danke.« Inès schniefte leise. »Danke, dass du für mich da bist.«

»Kein Problem, ist doch klar.«

Inès räusperte sich. »Océane kriegt sich schon wieder ein.« Nun sprach sie wieder in normaler Lautstärke. »Momentan blockt sie zwar noch ab und tut so, als hätte ich ihr nie von meinem Lesbisch-Sein erzählt, aber ich habe Hoffnung, dass sie es irgendwann akzeptiert.«

»Das ist die richtige Einstellung.« Der verlockende Duft der aufgewärmten Pizza stieg Tali in die Nase. »Sag mal, soll ich dich vielleicht zurückrufen?«

»Nicht nötig. Wir haben eine Flatrate. Die gilt auch für das europäische Festnetz. Es war nur so, dass das WG-Telefon kaputt war und erst seit heute wieder funktioniert. Auf meinem Handy war leider kaum mehr Guthaben. Sonst hätte ich dich schon früher angerufen. Aber vielleicht kannst du mir deine Festnetznummer geben.«

Tali biss sich auf die Lippen. Das war also der Grund gewesen. Wie dumm von ihr, dass sie sich nicht schon vorher getraut hatte, Inès selbst anzurufen. »Im Ernst? Dann können wir also öfter telefonieren?«

»Täglich, wenn du willst.«

»Auch nachts?«

»Besonders nachts, weil meine Mitbewohner da schlafen und sich nicht über die belegte Leitung mokieren können.«

»Ich sehe bereits harte Zeiten im Büro auf mich zukommen.« Tali klemmte sich das Handy zwischen Kinn und Schulter und holte die dampfende Pizza aus dem Grilltoaster. »Verdammter Mist!«

»Was ist passiert?« Inès' Stimme am anderen Ende der

Leitung klang besorgt.

»Ach, nichts weiter. Die Pizza ist nur so heiß.«

»Benutzt du keine Handschuhe?«

»Nur für den Backofen.«

»Tolle Logik ... okay, ich lasse dich jetzt essen.«

Tali hielt mitten in der Bewegung inne. »Rufst du mich ... wieder an?«

»Gerne. Könnte aber später werden.«

»Wie spät ungefähr?«

»Océane und ich wollten heute noch ins Kino. Es läuft irgendein Independent Film, den sie unbedingt sehen will. Es ist ein vietnamesisches Familiendrama, glaube ich. Also, so gegen Mitternacht?«

Tali atmete tief durch. »Okay.«

»Gibst du mir deine Nummer?«

»Äh ja, natürlich. Hast du etwas zum Schreiben?«

»Kann schon losgehen.« Wie mechanisch sagte sie Inès ihre Nummer auf. Dabei schwebte eine Vision vor ihrem geistigen Auge, wie sie innerhalb kürzester Zeit nur noch völlig übernächtigt und mit grauen Augenringen zu ihrem Arbeitsplatz schlurfen würde. Sie zuckte mit dem Handy am Ohr leicht die Schultern. *Wer braucht schon seine Nachtruhe?* »Dann bis später.«

Zwischen blinkenden Lichterketten und festlich geschmückten Marktbuden am Spandauer Weihnachtsmarkt warf Tali immer wieder einen heimlichen Blick auf die Uhr. Schon seit einer gefühlten Ewigkeit stand sie mit Arbeitskollegen und ihrer Chefin um einen Stehtisch herum. Die meiste Zeit ging es in den Gesprächen nur um die Arbeit. Zu gerne hätte sie sich vor diesem Ausflug nach Feierabend gedrückt, doch ihre Chefin hatte darauf bestanden, sie alle einzuladen.

Es war so kalt, dass die Atemluft von Frau Westermann, die gerade wieder einen ihrer Monologe hielt, beim Sprechen kleine Wölkchen in der Luft bildete.

Tali trat von einem Bein aufs andere. Ihre Füße waren bereits zu Eis erstarrt. Dafür fühlten sich ihre Wangen von dem Glühwein ganz heiß an.

Eine Kapelle im Hintergrund spielte auf dem Dudelsack. Frau Westermann musste gegen die Musik förmlich anschreien.

Tali hob den Kopf und konnte sich ein Grinsen nicht verkneifen, als sie sah, dass ihrer Chefin etwas Senf auf ihrer Oberlippe und Nase klebte.

»Wenn Frau Petersen dann«, die Chefin wandte süffisant lächelnd den Kopf in ihre Richtung, »nach Weihnachten hoffentlich wieder erholt und konzentriert auf der Arbeit erscheint, werden wir im neuen Jahr einige neue Projekte angehen. Ich sehe da viele Möglichkeiten auf uns zukommen.«

Alle Blicke richteten sich auf Tali.

Ihr Erzfeind, Herr Bernhard aus der Buchhaltung, grinste hämisch.

Tali schoss das Blut in den Kopf. Jetzt hatte ihr ohnehin schon glühendes Gesicht vermutlich Ähnlichkeit mit einem Feuermelder. Schnell versteckte sie sich hinter der Tasse mit dem Glühwein und nippte vorsichtig an dem heiß dampfenden Getränk.

Die Stimme ihrer Chefin hallte nur noch als

Hintergrundbegleitung an ihrem Ohr. In Gedanken strich Tali die Möglichkeit, Frau Westermann dezent auf den Senf hinzuweisen. Sollte sie doch für den Rest des Abends damit rumlaufen. War es wirklich nötig gewesen, Tali in aller Öffentlichkeit diesen kleinen Seitenhieb zu erteilen? Wut kochte in ihr hoch. Erst heute hatten sie wieder eine Meinungsverschiedenheit gehabt. Wenn es so weiterging, würde ihre Chefin wohl nicht mehr so große Stücke auf ihre Projektleiterin halten, die in letzter Zeit immer häufiger müde und gereizt wirkte. Mit beiden Händen umfasste Tali ihren dampfenden Becher. Der Geschmack des zimtigen Getränkes auf ihrer Zunge zumindest hatte etwas Versöhnliches.

»Was war das denn gerade? Hat die Westerfrau dich neuerdings auf dem Kieker?«, wisperte Heike ihr unauffällig zu, als die Chefin sich dem Leiter der Buchhaltung zuwandte.

Tali verschränkte die Arme leicht vor der Brust. »Glaube, mit der habe ich es mir verbockt.«

»Lass dir nichts gefallen«, zischte Heike, »immer schön Kontra geben.«

»Glaub nicht, dass Kontra geben der richtige Weg ist«, flüsterte Tali zurück. »Mit Diplomatie kommt man bei ihr eher gut weg.« Zu dumm, dass Tali wegen des ständigen Schlafmangels in letzter Zeit immer weniger Kraft für diplomatisches Verhandlungsgeschick fand. Aber für nichts in der Welt würde sie die nächtlichen Gespräche mit Inès aufgeben wollen. Auch, wenn sie damit ihre Stellung aufs Spiel setzte. Tali wünschte sich im Moment nur noch vier Dinge: Zu Hause ein ausgiebiges heißes Bad nehmen. Anschließend auf der Couch die Beine hochlegen und den

Abend bei einer Tafel Marzipanschokolade sowie einem Gespräch mit Inès gemütlich ausklingen zu lassen.

Ein leises Schmatzen war am anderen Ende der Leitung zu hören. »Warum hast du mir eigentlich bis jetzt noch nie etwas über deine Vergangenheit erzählt?«, fragte Inès.

»Welche Vergangenheit meinst du?« Tali legte die Beine hoch.

»Na, zum Beispiel dein Liebesleben.«

Seit zwei Wochen telefonierten sie jetzt jeden Abend miteinander. Dieses Thema musste ja irgendwann einmal an die Reihe kommen. Tali rollte innerlich mit den Augen. *Welches Liebesleben? Wusste gar nicht, dass es so etwas gibt.* »Darauf antworte ich dir gleich, aber vorher hätte ich gerne gewusst, was du da isst?

»Ah! Du willst also ablenken?«

Tali schnaubte in gespielter Empörung. »Nein, gar nicht.«

»Also gut. Ich esse gerade *Marrons glacés.*«

»Kandierte Kastanien?« Tali zog eine Grimasse. *Nicht mein Ding.* Eine Kollegin hatte einmal welche aus Frankreich mitgebracht.«

»Mmmh.« Es raschelte. »Während dieser Jahreszeit verschlinge ich die packungsweise.«

»Im Ernst?« Bei dem Gedanken an das pappige Zuckerzeug schüttelte Tali sich. Die geröstete Version war ihr um Längen lieber.

»Mein voller Ernst. Ich habe mir sogar extra im Internet ein Rezept besorgt und mache sie neuerdings sogar selber, weil sie im Laden so unverschämt teuer sind ... hey, ich weiß, was du jetzt denkst.«

»So? Was denke ich denn?«

»Dass ich danach wohl eine Diät brauchen werde. Also, ich muss zugeben, ich halte kein besonderes Programm ein und esse, was ich will. Es könnte also theoretisch gut sein, dass ich bald Ähnlichkeit mit einer *Brioche* bekomme.«

»Du? Ein Hefekuchen? Nie und nimmer.« Tali schüttelte energisch den Kopf. »Und auch wenn: Du würdest auch mit zehn Kilo mehr noch attraktiv sein.«

»Dann kann ich ja beruhigt weiteressen.« Inès gluckste. Gleich darauf war wieder ein leises Schmatzgeräusch zu hören. »Was sind eigentlich deine Pläne für das Wochenende?«

Tali lümmelte sich in die Flanelldecke. »Bei dem Frostwetter? Im Bett bleiben und das ganze Wochenende DVDs schauen.«

»Was schaust du denn so für DVDs?«

»Alles Mögliche. Am liebsten Dramen und Komödien.«

»Merkst du was?«

Tali hob eine Augenbraue. »Wie?«

»Du hast doch abgelenkt.«

»Oh.« Tali wechselte das Telefon an das andere Ohr. »Entschuldige. Okay, also ..., puh, mein Liebesleben.« Sie räusperte sich. »Natürlich war ich schon mit einigen Frauen zusammen. Und ich hatte auch schon eine längere Beziehung. Es war in Wirklichkeit nichts Halbes und nichts Ganzes. Ich habe meine Exen in all der Zeit, die ich mit ihnen verbracht habe, nicht wirklich kennengelernt. Entweder, weil sie sich mir nicht öffnen wollten oder weil ich nicht interessiert genug an ihnen war. So ganz genau weiß ich das nicht.« Es knackte, als sie einen weiteren Riegel von der Marzipanschokolade abbrach. Im Gegensatz zu Inès würde sie definitiv eine Diät brauchen, wenn sie so weiter machte. Allein wenn Tali Schokolade nur ansah, nahm sie bereits zu. Aber ohne Schokolade ging im Moment gar nichts. »Fazit: Mein sogenanntes Liebesleben ist einfach nicht der Rede wert.«

»Freut mich zu hören.«

Tali zog erst die Augenbrauen zusammen, dann entspannten sich ihre Gesichtszüge wieder. Noch ein weiteres Schokoladenstück wanderte in ihren Mund und zerging schmelzend auf ihrer Zunge. Ein Lächeln schlich sich auf ihre Mundwinkel, als sie begriff. Konnte es tatsächlich sein, dass Inès ein wenig eifersüchtig war? »Eigentlich verrückt.«

»Verrückt? Wieso?«

»Na, unsere Begegnung. Ich meine, wir kennen uns kaum. Bis vor ein paar Wochen haben wir gegenseitig noch nichts von unserer Existenz geahnt.«

»Glaubst du, dass es Jahre dauert, bis man einen Menschen wirklich kennt?« Inès' Stimme am anderen Ende der Leitung klang amüsiert. »Die Frage lautet doch: Kann man einen anderen Menschen überhaupt jemals richtig kennenlernen?«

»Es soll Ehepaare geben, die auch noch nach etlichen Jahren behaupten, ihre bessere Hälfte nie wirklich gekannt zu haben.«

Inès kicherte leise. »Sprichst du etwa von denen, die irgendwann feststellen, dass ihre Partner in Wirklichkeit als Undercover Agent beim russischen Geheimdienst arbeiten oder nachts als Serienkiller ihr Unwesen treiben?«

»Genau die.«

Beide lachten.

Dann wurde Inès wieder ernst. »Keine Angst. Ich bin ganz harmlos.«

»Keine Leichen im Keller?«

»Nicht, dass ich wüsste.«

Tali bearbeitete mit der Spülbürste das schmutzige Geschirr. Dabei sang sie laut den Refrain zu *Je ne veux pas travailler* von Pink Martini mit. Gott sei Dank war ihr Computertisch nur ein paar Schritte von der offenen Küche entfernt. Denn jedes Mal musste sie das Video auf Youtube neu starten. Vielleicht sollte sie sich langsam doch mal die CD zuzulegen? Mit dem Geschirrtuch über der Schulter machte sie ein paar Schritte zum Computer. Jetzt war wieder *Amado Mio* an der Reihe. Beschwingt tänzelte sie zurück ans Spülbecken. Wie oft hatte sie diese Lieder in den letzten paar Wochen gehört? Hundert Mal? Tausend Mal? Sie schrubbte an einer Pfanne und sah vor ihrem inneren Auge Inès' Gesicht. Die zarte milchfarbene Haut. Die kurzen schwarzen Haare. Ihr helles Lachen, mit den Grübchen. Ihren Traumkörper, mit den schmalen fast jungenhaften Hüften, der Rundungen genau an der richtigen Stelle hatte. Nicht zu wenig. Nicht zu viel. Genau richtig halt. In Inès' Armen hatte sie sich gut aufgehoben und geborgen gefühlt. Selten hatte Tali sich so fallen lassen können. Und selten hatte sie beim ersten Mal einen Orgasmus gehabt. Aber bei Inès hatte Tali sie selbst sein können. Und sie hatte genug Erfahrung, um zu wissen, dass das keine Selbstverständlichkeit war.

Fünf Wochen waren vergangen, in denen sie täglich telefoniert hatten. Manchmal sogar mehrmals täglich und das jedes Mal mit einer Intensität, die Tali in Erstaunen versetzte. Sie hätte es nicht für möglich gehalten, einer anderen Person nur aufgrund mehrstündiger Telefongespräche so nahe zu kommen. Doch ein wichtiges Thema hatten sie beide aus irgendeinem Grund so gut es ging gemieden – wie es mit ihnen beiden weitergehen sollte, darüber hatten sie nicht gesprochen.

An ihr Handy war Inès vorhin nicht gegangen. Was sie wohl gerade machte?

Tali pfefferte das Geschirrtuch achtlos auf die Küchenablage und machte erneut ein paar Schritte zum Computer. Sie sank in den Stuhl. Ihre Augen wanderten zur Uhr. Entweder Inès war im Café – sie hatte mittlerweile wieder eine neue Stelle als Kellnerin angenommen – oder sie war immer noch auf dem Montmartre mit ihrem Zeichenblock unterwegs. Gedankenverloren starrte Tali vor sich hin. Mechanisch klickte sie dann auf die Replay-Taste. *Amado mio, love me forever, and let forever begin tonight*, sang sie laut den Refrain mit. Amado mio? Sollte es in ihrem Fall nicht viel treffender heißen ... Amada mia. Meine Geliebte. Und was, wenn – was, wenn diese Geliebte gerade dabei war, eine andere Frau anzusprechen und ihr anbot, sie kostenlos zu zeichnen? Augenblicklich verstummte Tali. Die voluminöse Stimme der Sängerin China Forbes sang ohne sie weiter. *Quatsch. So eine ist Inès nicht. Aber steiger' dich lieber nicht in etwas hinein, was noch viel zu frisch und unsicher ist. Bleib vorsichtig, bevor du eine Enttäuschung erlebst.*

Das Display ihres Handys leuchtete und kündigte vibrierend einen neuen Anruf an.

Talis Herz machte einen Hüpfer, als sie auf ihr Handy lugte.

Inès.

Mittlerweile hatte sie die Nummer ihres Mobiltelefons sowie ihres Festnetztelefons abgespeichert. Tali klickte auf die Stopp-Taste des Videos und nahm gleichzeitig das Gespräch an. »Hallo? Inès?«

»Ich habe deinen Anruf verpasst.« Ihre Stimme klang gehetzt. Ein Rauschen war in der Leitung. Stimmen im Hintergrund. Sie war irgendwo unterwegs.

Tali biss die Zähne zusammen. War dies der geeignete Moment für das ernste Thema, über das sie mit Inès sprechen wollte? »Wo bist du gerade? Störe ich dich?«

»Nein, überhaupt nicht«, sagte Inès durch das Handy. »Ich habe gerade zwei Porträts hintereinander gemalt. Ein Touristen-Pärchen, welches zusammen gezahlt hat, aber nicht zusammen gemalt werden wollte.« Für einen Moment war ein erneutes Rauschen und Stimmengewirr zu vernehmen. »Muss eine tolle Beziehung sein. Jeder hängt sein eigenes Porträt über sein Bett. Die beiden haben sich sogar darüber gestritten, wer von beiden denn nun mit dem Bezahlen dran ist.«

Tali sank gegen die Lehne zurück. Ein Pärchen. Keine neue Begegnung mit einer Frau. Zumindest nicht in diesem Augenblick. Aber vielleicht schon ... Sie wollte, nein, sie musste über ihre Gefühle sprechen und sich Klarheit verschaffen. Es war an der Zeit, sich ehrlich auszutauschen. »Inès? Ich ... ich wollte mit dir sprechen, weil ich, also, ich möchte dich etwas Wichtiges fragen.«

»So wichtig, dass du mich tagsüber am Handy anrufst? Es ist doch nichts Schlimmes passiert, oder?«

»Nein, keine Sorge.« Tali fuhr sich durch die Locken. *Ich hätte doch bis heute Abend warten sollen. Egal. Jetzt ist es zu spät für einen Rückzieher.* Wie sollte sie am besten beginnen? »Ähm, also, ich weiß, wir haben nur wenige Tage miteinander verbracht und ansonsten nur telefoniert ..., äh, naja, es ... kommt ja nicht darauf an, wie lange man sich schon kennt, sondern wie man sich miteinander fühlt und ... « Sie versuchte ruhig zu sprechen, während ihr rasendes Herz ihr schauspielerisches Talent Lügen strafte. »Mal ganz generell gefragt: Was hältst du eigentlich von Fernbeziehungen?«

Die Stille am anderen Ende der Leitung war fast schmerzhaft für Tali zu spüren. *Sag was, nun sag doch endlich was.* Es raschelte. »Inès? Bist du noch da?«

»Ja, ja. Ich habe nur nach einem ruhigeren Plätzchen gesucht, wo ich mich kurz hinsetzen kann.«

»Und jetzt sitzt du?«

»Ja, auf einem Straßenpfosten. Auf der anderen Seite von Montmartre, da wo kaum Touristen sind.«

»Ist es schon dunkel?«

»Es dämmert bereits.«

Tali stellte sich Inès vor, wie sie mit ihrem Zeichenblock auf den Knien zwischen efeuumrankten kleinen Stadtvillen auf dem Montmartre saß und mit ihr telefonierte. Das Gespräch war nicht billig. Aber das war momentan unwichtig. Viel wichtiger war: »Was denkst du also darüber?«

Inès räusperte sich. »Naja, ich halte Fernbeziehungen für ... möglich. Kommt ganz darauf an, wie wichtig der

Andere für einen ist.«

Tali hielt erst die Luft an und stieß sie dann wieder durch die Nasenflügel aus. Die Finger ihrer freien Hand trommelten auf dem Computertisch. »Und wenn es dabei um uns ginge, um dich und mich? Wie wäre es dann?«

»Wir würden uns höchstens alle paar Wochen und vielleicht sogar Monate sehen und wären aufs tägliche Telefonieren angewiesen. Mit anderen Frauen ausgehen wäre tabu.«

Tali presste die Lippen zusammen. »Wäre das so schlimm?«

»Man könnte es auch positiv formulieren. Wir hätten ständig Sehnsucht nacheinander und würden uns in ellenlangen Gesprächen immer intensiver kennenlernen.«

»Ganz abgesehen von meiner Flugangst, die ich dir zuliebe irgendwie überwinden müsste, wenn ich dich dann ab und zu mal besuchen käme.« Tali lachte, obwohl ihr nicht wirklich zum Lachen zumute war.

»Mhm. Davon mal ganz abgesehen.«

Tali knetete mit der freien Hand ihren Oberschenkel. »Also, würde dir das genügen?«

Durch das Handy war das Geräusch eines ratternden Scooters zu hören.

Tali lauschte ihrem Herz, das laut pochte.

»Wenn es nicht anders geht … ja.«, sagte Inès. In der Leitung raschelte es wieder. Nach einer kurzen Pause fügte sie hinzu: »Und dir? Würde es dir genügen?«

»Wenn es dabei um dich geht, dann würde es genügen.«

Tali hörte ein tiefes Ausatmen am anderen Ende der Leitung.

»Du weißt ja gar nicht, wie glücklich du mich damit

machst. Denn eigentlich ist es das, was ich mir schon seit deiner Abreise gewünscht habe. Ich wollte dir eine faire Wahl lassen und dir Zeit geben, darüber nachzudenken, und deinen Entschluss in Ruhe zu fassen.«

Tali nahm das Handy vom Ohr, starrte aufs Display und lächelte es an. Ein warmes Glücksgefühl breitete sich in ihrem Körper aus. Alles war ganz einfach. Sie wollten beide dasselbe. Blieb nur noch eine winzige Kleinigkeit zu klären. Sie hob das Handy zurück an die Ohrmuschel. »Okay, und bevor ich meinen Status bei Facebook endgültig wechsle«, Tali machte eine Kunstpause, »hätte ich dir gerne noch eine Frage gestellt.«

Am anderen Ende der Leitung herrschte Schweigen.

Tali lächelte in sich hinein, als sie sich Inès' Gesichtsausdruck in diesem Moment vorstellte.

»Also gut.« Inès blies hörbar Luft aus. »Und die wäre?«

»Was machst du eigentlich an Weihnachten?«

»Weihnachten?«, fragte Inès gedehnt. »Dieser ganze Tumult geht mir ziemlich auf die Nerven. Letztes Weihnachten hat meine Mutter es fertiggebracht, mich wieder auszuladen.«

»Deine Mutter hat dich wieder ausgeladen? Wieso denn das?«

»Weil ich ihr kurz vorher einige unschöne Wahrheiten an den Kopf geworfen habe. Aus Protest sind Océane und mein Bruder Maxime dann auch nicht erschienen.«

»Schätze mal, damit war die Familienkrise vorprogrammiert, oder?«

Inès stöhnte leise. »Maman hatte sich etwas Besonderes ausgedacht und wollte Heiligabend nach traditioneller provenzalischer Art begehen. Auf jeden Fall saß meine

Mutter alleine in ihrer Wohnung im 11. Arrondissement, zwischen sieben Gerichten und dreizehn Desserts, hat gedroht sich in die Seine zu stürzen, und ich habe eine ganze Nacht damit verbracht, sie wieder aufzurichten. Also, ich sag es dir ehrlich, mit Weihnachten kann man mich jagen.«

Tali riss die Augen auf. »Sieben Gerichte und dreizehn Desserts? Klingt gefährlich.«

»Da kann ich dich beruhigen«, sagte Inès durch den Hörer hindurch. »Es wird traditionell mager und fleischlos gegessen. Und die Desserts bestehen vorwiegend aus Früchten, Datteln und Nüssen.«

»Ach so, na dann.« Tali lief mit dem Hörer in der Hand ein paar Schritte zum Fenster. »Ähm, also, das tut mir leid wegen dir und deiner Mutter.«

»Braucht es nicht.« Inès schnalzte mit der Zunge. »Ich habe mich längst daran gewöhnt.«

Tali presste die Nase an das eisige Glas. »Okay, und ... musst du an Weihnachten arbeiten?«

»Glaube schon.«

Gegenüber gab es nichts als graue Häuserfassaden. Schneeflocken fielen, die aber nicht als weiße romantische Schneedecke liegenblieben, sondern sich unten am Boden fast wie in Zeitraffer zu braunem Matsch verflüchtigten. Vereinzelte Passanten eilten mit hochgestelltem Mantelkragen und dicken Winterschals und Mützen die Straße entlang. Wie es wohl um diese Jahreszeit in Paris aussah? »Denkst du, du könntest dir eventuell freinehmen?« Tali versuchte, ihrer Stimme einen beiläufigen Klang zu geben. Dabei war ihr Entschluss längst gefasst.

»Ich bräuchte schon einen guten Grund, um Weihnachten

nicht lieber unter Leuten im Café zu verbringen, wo ich meine verkorkste Familie vergessen kann. Normalerweise melde ich mich immer freiwillig.«

Ein Lächeln umspielte Talis Lippen. »Wäre ich ein guter Grund?«

Erst war kein Ton von Inès zu hören. »Soll das heißen, dass du ...?«

»Ich habe vierzehn Tage frei. Mal schauen, ob ich dir Weihnachten dieses Mal nicht ein wenig versüßen kann. Natürlich nur, wenn du es auch möchtest.«

»Du kannst vielleicht Fragen stellen«, grummelte Inès. Nach einer kurzen Pause fügte sie hinzu: »Allerdings könnte es sein«, sie senkte die Stimme, »dass ich dich danach nicht mehr weglasse.«

Einen Moment saß Tali reglos da und ließ die Worte auf sich wirken. Ihr Kopf fühlte sich leicht wie Watte und in ihrer Herzgegend glühte es wie in einem kleinen Ofen. »Amada mia«, flüsterte sie dann in den Hörer ihres schnurlosen Telefons. Ihre Stimme zitterte leicht. »Das Risiko gehe ich gerne ein.«

EPILOG

Vier Monate später, an einem frühlingshaften Märztag, auf dem Place du Tertre

Talis Herz schlug ein paar Takte schneller, als sie Inès in einem zitronengelben kurzen Flatterkleid, die Jeansjacke locker über der Schulter baumelnd, auf sich zustürmen sah.

Immer noch war Tali aufgeregt, wenn sie Inès sah. Ob sich das je ändern würde? Sie hoffte nicht.

Talis Blick glitt über Inès' schlanke Silhouette mit den langen Beinen. »Du siehst atemberaubend aus, wie immer, *ma chérie*«, flüsterte sie fast tonlos, als Inès schließlich vor ihr stand.

Inès gab ihr einen Kuss auf die Nasenspitze. »Danke. Meein Liebbling.« Das Kosewort hatte Inès in Deutsch gesagt. »Du auch.«

»Kannst du das wiederholen?« Der französische Akzent ließ Tali regelmäßig dahinschmelzen.

Inès kicherte. »Meein Liebbling.« In der Hand hielt Inès eine Karte, welche sie energisch wie eine Fahne hin- und herschwenkte. »Du weißt, was das hier bedeutet?«

»Herzlichen Glückwunsch.« Tali umarmte Inès innig und gab ihr einen sanften Kuss auf den Mund. »Meine freischaffende Künstlerin. Ich bin stolz auf dich.«

Inès' Augen leuchteten. »Ich habe wirklich wahnsinniges Glück gehabt, dass ich bei dem Ausleseverfahren für einen der Standplätze hier ausgewählt worden bin.«

»Nicht so bescheiden.« Tali knuffte Inès liebevoll in die Seite. »Du hast immerhin die Jury überzeugen können.«

»Nicht nur die Jury, sondern auch meine Traumfrau.« Inès schlang die Arme um Tali und drückte sie fest an sich. Das Gesicht vergrub sie für einen Moment in Talis Locken und löste sich dann langsam wieder von ihr. »Meine Platzmiete beginnt erst im April.« Inès zwinkerte ihr zu. »Dein Arbeitsvertrag als Projektleiterin bei der Pariser Niederlassung von Lucas & Mohr Consulting beginnt ebenfalls erst in ein paar Wochen. Wir könnten die Zeit nutzen und für ein paar Tage nach Nizza fahren, was denkst du?«

»Ich denke, dass deine Spontanität mich immer wieder aufs Neue erstaunt.« Tali griff lächelnd nach Inès' Hand. »Nein, im Ernst, das ist eine fantastische Idee. Meinst du, unser altes Zimmer von Weihnachten ist wieder frei?«

»Ich will es stark hoffen.« Inès betrachtete Tali mit einem verträumten Gesichtsausdruck. »Habe ich es dir schon gesagt? Das war mein schönstes Weihnachtsfest bisher. Weder Tannenbaum noch Festtagsschmaus. Und natürlich auch keine Streitereien. Nur wir beide, unter Palmen, auf der *Promenade des Anglais*. Das Wetter war so sonnig, dass wir tagsüber ohne Mantel im Café sitzen konnten.«

»Nicht dass wir viel Zeit dazu gehabt hätten, im Café zu sitzen, denn die meiste Zeit haben wir den Whirlpool des Hotels besetzt oder den Pizza-Service in Anspruch genommen, weil wir nicht aus dem Bett herausgefunden haben. Mmh, ja, du hast erwähnt, wie gut es dir gefallen hat.« Tali blinzelte. »Ungefähr tausend Mal?«

»Dann sag ich es eben noch mal.« Inès drehte sich zu ihr und stupste sie mit einem Finger leicht gegen den Brustkorb. »Was dagegen?«

Tali kicherte. »Nein, nicht das Geringste.«

Hand in Hand eilten sie über den quirligen belebten Platz.

Mit einem kleinen zufriedenen Seufzer drückte Tali Inès' Hand fester. Edith Piaf kam ihr in den Sinn. Sie pfiff die Melodie. *La vie en rose.* Ja, hier war es, das Leben in rosarot – und sie mit Inès mittendrin.

###

ÜBER SARA ENGELS

Sara Engels schreibt seit ihrem zwölften Lebensjahr Gedichte und Kurzgeschichten. Bereits im zarten Alter von acht Jahren erstaunte sie ihre Eltern mit ihrem Lesetempo und monatlichen Bücherkonsum.

Wenn sie nicht schreibt oder liest, unternimmt Sara in ihrer Freizeit lange Spaziergänge im Wald direkt vor ihrem Haus, besucht liebend gerne Flohmärkte und verbringt Zeit mit Freunden gemütlich im Café. Beim Camping am Atlantik oder Wanderungen in den Alpen tankt sie neue Energien und erhält Inspiration. Ihr Traumland ist Japan. Sie schreibt und liest die Gedichtform Haiku und sieht gerne japanische Filme.

E-mail: sara.engels@ymail.com

EBENFALLS IM YLVA VERLAG ERSCHIENEN

ZWEI SEITEN

Alison Grey

ISBN: 978-3-9815127-0-0 (mobi),
978-3-9815127-1-7 (epub)
Wörter: 77.051

Scarlett Winter hat für Lesben und Schwule so gar nichts übrig. Das wird zum Problem, als sie Julia, die lesbische Schwester ihres neuen Freundes, kennenlernt. Diese stellt ganz schnell Scarletts Weltbild auf den Kopf. Die Grenzen von Richtig und Falsch beginnen, sich zu verschieben, bis Scarlett am Ende die Bekanntschaft eines ihr bisher unbekannten Menschen macht: sich selbst.

Zwei Seiten ist eine Geschichte über Vorurteile, Selbstbetrug und die große Liebe.

RICHTIG VERBUNDEN

Alison Grey

ISBN: 978-3-9815127-4-8 (mobi),
978-3-9815127-3-1 (epub)
Wörter: ca. 26.000

Linda und Christina verbindet ... nichts.

Während Linda mit Hilfe ihrer Arbeit als Psychologin versucht, ihre Einsamkeit zu verdrängen, hält sich Christina mehr schlecht als recht als Mitarbeiterin einer Telefonsex-Hotline über Wasser.

Eines Nachts kreuzen sich ihre Wege, als Linda bei Christinas Sexline anruft. Schnell stellt Christina fest, dass Linda keine übliche Kundin ist. Stattdessen macht ihr Linda ein Angebot, das beider Leben vollkommen durcheinanderbringen wird.

VOLLMOND ÜBER MANHATTAN

Jae

ISBN: 978-3-95533-001-9 (mobi),
978-3-95533-021-7 (epub)
Wörter: 29.200

Shelby Carsons Leben ist alles andere als normal. Sie ist nicht nur die diensthabende Psychiaterin in einer hektischen Notaufnahme, sondern auch eine Wrasa. Diese gestaltwandelnden Wesen leben unentdeckt unter Menschen.

Um die Sache noch mehr zu verkomplizieren, hat sie sich auch noch in Nyla Rozakis, eine menschliche Krankenschwester, verliebt.

Obwohl die Wrasa-Kultur Beziehungen mit Menschen verbietet, hat Shelby es sich in den Kopf gesetzt, Nyla nach einem Date zu fragen. Alles sieht ziemlich hoffnungslos für sie aus, aber in einer Vollmondnacht an Halloween kann alles passieren...

DER MORGEN DANACH

Jae

ISBN: 978-3-95533-097-2 (mobi),
978-3-95533-098-9 (epub)
Wörter: ca. 11,860

Nachdem ein Blind Date gründlich danebengegangen ist, hat Amanda erst einmal die Nase voll von Frauen. Der spontane Besuch einer Anti-Valentinstags-Party führt zu einer unerwarteten Bekanntschaft. Als sie am nächsten Morgen aufwacht, erwarten sie ein heftiger Kater und eine Überraschung...

DEMNÄCHST IM YLVA VERLAG

KEIN DATE

Emma Weimann

Nicole Fischer ist sich völlig sicher, dass sie keine Dates will. Die Wunden, die ihre letzte Beziehung hinterlassen hat, sind immer noch nicht völlig geheilt. Keine neue Frau in ihrem Leben heißt auch keine emotionalen Verstrickungen. So einfach ist das.

Oder so einfach könnte es sein, wäre da nicht Bettina Ulrich, ihre neue Arbeitskollegin. Nachdem Nicole diese wochenlang aus sicherer Entfernung angehimmelt hat, steht Bettina in einer Frankfurter Szenebar vor ihr. Und auf einmal muss Nicole sich entscheiden: Will sie ein Date oder will sie kein Date?

Gemalt für Dich
Sara Engels

Bibliografische Information Der Deutschen Bibliothek
Die Deutsche Bibliothek verzeichnet diese Publikation in der Deutschen Nationalbibliografie; detaillierte bibliografische Daten sind im Internet über http://dnb.ddb.de abrufbar.

ISBN: 978-3-95533-086-6

Dieser Titel ist auch als E-Book erschienen.

Erste Auflage 2013

Kontakt:
Ylva-Verlag, e.Kfr.
Inhaberin: Astrid Ohletz
Am Kirschgarten 2
65830 Kriftel

Tel: 06192/7039881
Fax: 06192/7039347

www.ylva-verlag.de
info@ylva-verlag.de

Amtsgericht Frankfurt am Main HRA 46713

Lektorat: Marion Gerwien

Umschlaggestaltung:
UlinneDesign, Neuenkirchen

Coverfotos:
© Ljupco | Dreamstime.com
© Zoom-zoom | Dreamstime.com
© darknightsky - fotolia.com
© Marynaanna | Dreamstime.com

6281765R00092

Printed in Germany
by Amazon Distribution
GmbH, Leipzig